ハヤカワ文庫 SF

〈SF2288〉

宇宙英雄ローダン・シリーズ〈621〉

スマイラーとスフィンクス

エルンスト・ヴルチェク＆ペーター・グリーゼ

井口富美子訳

早川書房

8535

PERRY RHODAN
DER SMILER UND DIE SPHINX
TSUNAMIS IM EINSATZ
by
Ernst Vlcek
Peter Griese

Translated by
Fumiko Iguchi
First published 2020 in Japan by
HAYAKAWA PUBLISHING, INC.
This book is published in Japan by
arrangement with
PABEL-MOEWIG VERLAG KG
through JAPAN UNI AGENCY, INC., TOKYO.

目次

スマイラーとスフィンクス

登場人物

ロナルド・テケナー……………………ツナミ艦隊司令
ホーマー・G・アダムス……………宇宙ハンザの経済部チーフ
ジェニファー・ティロン……………テケナーの妻
スリマヴォ………………………………ヴィシュナの具象
パトリシア・コルメト
ティモ・ポランテ
セレステ・マラニタレス
……………ハンザ・スポークスマン
モン・ダヴィル…………………………スウィンガー
ホルスト・ランタ………………………スウィング・クラブの支配人
キノン・キルギス………………………《ツナミ2》のココ判読者
フォロ・バアル…………………………アンティ。惑星トラカラトの住民
ミルタクス………………………………フォロ・バアルの妻
ボネメス…………………………………フォロ・バアルの息子
パシシア（パス）………………………フォロ・バアルの娘

スマイラーとスフィンクス

エルンスト・ヴルチェク

1

「スマイラー！」

顔にあばたのある大男は、小声であだ名を呼ばれても振り向かなかった。特段の用心が必要だったわけではないが、目立つ動きを避けたかったのだ。もうはるか昔から身についたその習性が、以来、何度となく命を救ってくれたから。

ただ、宇宙ハンザ司令部前の大きな広場では本来、心配など無用だった。せいぜい、ハンザ・スポークスマンのひとりだと知られるくらいだ。それに、こっそり振り返って見たところで、夜中にうろつく人々のだれがあだ名で呼んだのか、わかるはずもない。このあたりでかれのことを気にとめる者もいないだろう。

「テク！」

それは女の声だった。こんどははっきり聞きとれた。いや、声変わり中の少年だろうか。

ロナルド・テケナーは無表情で振り返った。だが、自分に注意を向けている者はいないようだ。みな、クローン・メイセンハートのホログラム・ショーがうつしだされる夜空をじっと見あげている。テラナーたちは、無限アルマダの映像から目をそらすことができないのだ。あまたの宇宙船が一面にうつしだされ、その合間にアルマダ種族の代表者たちが次から次へとあらわれる。

どこまでもつづくアルマダ部隊を追いかけるカメラの動きと同様、代表者へのインタビューも不毛なものだった。アルマディストたちはこれから起こる出来ごとに対してなにか意見があるわけではない。アルマダ王子、ナコールの手を通じて自分たちを指揮している、オルドバンの精神を信頼しているだけだから。

〝あなたたちは太陽系へと飛行できて満足ですか？　クロノフォシル・テラを見られることを期待していますか？　一銀河でもっとも重要なクロノフォシルが活性化されると考えたら、どんな気分ですか？〟

それを言葉にする能力は、かれらにはなかった。無限アルマダの次の目的地が地球であることも、ほとんどのアルマディストは知らないのだから。クロノフォシルの意味さえ知らない者も多い。だれかが〝テラ？　それはどんな味がするのか？〟くらいのことはいいかねないと、メイセンハートのクルーであるニュース・エンターテイナー、ラファエル・ドンはいった。極端な表現だが、さほど現実ばなれはしていない。最後列にいるちっぽけなアルマディストにとり、宇宙の背景などどうでもいいのだ。ただナコール＝オルドバンを盲信している。テラへ飛ぶのがオルドバンの意志なら、なにをおいても行かなければならないということ。

だがテラナーたちには、無限アルマダが動きだすことはないように見えた。クロノフォシルはエルンスト・エラートとタウレクによる前準備が終わり、いつ無限アルマダがきてもいい状態だというのに、まだなにを待っているのだろう？

突然、ショーが中断され、テラニアの夜空に〝警告者〟の印があらわれた。先端をつなぐと正三角形になる三本矢のシンボルが出現すると、大勢が文句をいいはじめた。

「海賊放送局の息の根をとめろ！」

「一発食らわせてやれ！」

テケナーはかすかな笑みを浮かべた。警告者が見せようとする恐怖のヴィジョンに対するテラナーの反応は、ポジティヴなものといえる。つい二十四時間前まで、観衆は恐怖のヴィジョンに呪縛され動揺していたのに、無限アルマダが太陽系にくることを知ったいま、雰囲気は一変していた。警告者の陰鬱《いんうつ》な予言がわずらわしくなったのだ。

銀色にきらめく姿が空を満たし、みごとなステップを披露すると、観衆からやじが飛んだ。

テケナーは足をとめ、警告者の反応を待ちわびた。というより、観衆の拒絶反応にどんな態度をとるのか観察した。だが警告者は自分のスタイルを忠実に守り、未来予知劇『そしてすべての星々が消える』の第五幕のはじまりを告げた。

がっかりしたテケナーが歩きはじめると、警告者の大声が天空に響きわたった。

「……そして、とうとうその日がくる。クロノフォシル・テラが活性化し、ろうそくがともされる。それは力とも呼べない、たやすく吹き消されてしまうようなかすかな明かりだが、エレメントの十戒に道を教えるには充分だ。強い光をはなちはするが、その輝きは宇宙の深淵を貫通する力を持たず、エレメントの支配者の標識灯すなわち道しるべとなるだけ。十戒に呼びかけているのだ。エレメントよエレメント、ちいさなともしびが燃えているぞ……」

限界を超える俗悪さだ。最高潮に達した観衆の怒号で、警告者の声はかき消された。

「ロニー！」

この呼び方はひどい。テケナーはあたりをぐるりと見まわした。年配の女がひとり、ぎょっとして身を引く。意を決したあばた顔が、だしぬけに自分のほうを向いたからだ。恐怖の一瞬が過ぎると、女は曖昧《あいまい》なほほえみをかすかに浮かべた。

「ハンザ・スポークスマンのロナルド・テケナーかしら？」

ああ、まったくついてない！急いで振り返ると、観衆を押し分けて進んだ。かれの目的はヴィールス柱だった。そのためだけに、ハンザ司令部を迂回してきたのだ。

上空では警告者が騒々しくどなっているが、テケナーはほとんど聞いていなかった。もはや目新しい内容はなく、ショーの輝かしさやショッキングな幻想風景にも話題性はない。あの悲観論者こそ、かれがテラにやってきた目的だったが、上空で演じられるホログラム・スペクタクルはどうでもいいのだ。ショーを見なくても捕まえることはできる。前回の放映内容は知っていたし、それで充分だった。

「やっぱりハンザ・スポークスマンのテケナーね！」アフリカハゲコウの羽根のイミテーションでできた派手なケープをまとい、イルミネーションのように光るメーキャップをした若い娘がひとり、こちらに向かってきた。「本人なの？」と、テケナーの手をとる。かれはなぜか、からだじゅうに電気がはしったような気がした。

どぎつく光る化粧の下は、まだ幼そうな肌色で、どう見ても十六歳未満だ。

「顔でも洗ってこい、おちびさん」と、踵《きびす》を返す。

「あなたの役にたちたいの、ロナルド……ロニー……テク……スマイラー！」

その言葉で、さっきから自分に呼びかけていたのがだれか、はっきりした。だが、振り向くともう、派手なティーンエイジャーは姿を消していた。そこではじめて、あの娘から風変わりな強いオーラが出ていたことに気がついた。

おかしな子だ！

警告者は相《あ》いかわらず、予言とショッキングな光景を夜のテラニアに送りつづけていた。それがだれにも注目されないまま消えていっていることに、警告者は気づかないのだろうか？

テケナーはヴィールス柱に到着し、空っぽのアルコーヴに入った。

＊

「ハンザ・スポークスマンのロナルド・テケナーだ。わたしは……」

「ええ、あなたのことは知っています」ヴィールス・インペリウムの柔らかい女声がさえぎった。「どんなご用でしょう、テク？　親しくそう呼びかけるのをお許しください。なにを知りたいのですか？」

「わかった、ヴィーリン」と、返した。ほかの愛称を急には思いつかなかったから。「手短にいおう。ヴィシュナと話がしたい。連絡をとろうといろいろやってみたんだが、ぜんぶだめだった。ヴィシュナとの話し合いの場を設けてくれ」

「ヴィシュナはいま手がはなせません。わたしのことに全力でとりくんでいて、ほかに時間が割《さ》けないので。ヴィシュナになにをしてほしいのか、いってください。もしかしたら、わたしが助けられるかもしれません。あなたも知っているように、わたしと彼女はおたがいに信頼し合っていて、秘密もありませんから」

テケナーは、その点については確信がなかった。以前はたしかにそうだったが、ヴィシュナとヴィールス・インペリウムとのあいだに溝ができるような出来ごとが起きたかもしれない。ヴィシュナはあまりにも長く不在で、ヴィールス・インペリウムをほったらかしていた。だから、あながち間違っていないだろう。

ただ、それは個人的な見解にすぎなかった。そう考えるうちに、ヴィシュナに話すのとヴィールス・インペリウムに話すのとは違うという結論に達した。

「ヴィシュナが忙しいなら、ゲシールと話したい」と、テケナーはうながした。

「ゲシールはヴィシュナといっしょにわたしのそばにいます。やはりじゃまされたくないようです。具象のひとりと話したいのなら、スリマヴォがいいでしょう」

「スリは子供だろう……」

「おや！　それは違います。スリマヴォは肉体的にも成長しました」

「そうだとしても」テケナーは上滑りの会話にいらいらしていた。「わたしの役にたつのは、ヴィシュナかゲシールだけだと思う」

「では、わたしに打ち明けたらどうです？」ヴィールス・インペリウムはたずねた。

「いまの状況については、ヴィシュナよりよく知っています。わたしがあなたの役にたたないなら、ヴィシュナだって無理でしょう」

テケナーは無表情のまま考えこんだ。警告者の背後にヴィールス・インペリウムがいるかどうかと、〝本人〟にはたずねにくい。やはりヴィシュナでないと。だが、ヴィールス・インペリウムはこちらのひそかな心配に感づいているかもしれない。

「警告者はきみなのか？」

「わたしがですか？　それとも、それはヴィシュナに向けた質問？」

「きみは警告者となにか関係があるのか、ヴィーリン？」

「ありません！」その声には、驚くとともにすこし憤慨しているような響きがあった。「ヴィールス・インペリウムが警告者と関わり合うなどと、どうして思いつくので？」

「警告者が何者か知っているか？」

「いいえ」

「警告者は三つの究極の謎と関係があるのか？」

「それはかんたんに答えられることでは……」

「イエスか、ノーか？」

ヴィールス・インペリウムはすこし間をおいた。正しい答えを考えつくためではなく、むしろ次の言葉を効果的にするためだろう。

「わたしが白黒つけるわけにはいかないと思います、テク。わたしには制限されていることがいくつかあるので。そのひとつが、三つの究極の謎です。たがいに絡み合うこの問題について語る権限は、わたしにはありません。あなたにも資格や必要な権限がないことはわかりますね」

「わたしがコスモクラートではないから？」

「それも理由のひとつかもしれません……」

テケナーはヴィールス柱をあとにした。ヴィールス・インペリウムとむだ話をしたことが腹だたしい。こんなことなら、警告者についてあのメーキャップ娘と話したほうがましだったかもしれない。

テケナーはこのとき、もうすぐその機会がたっぷりあることを、もちろん知らなかった。

*

ガルブレイス・デイトンはすでにテケナーを待ちわびていた。相手が遅刻してあらわれたとき、宇宙ハンザの保安部チーフは不安げなようすだったが、理由を聞くと納得した。

「三つの究極の謎のことを口にすると、ヴィールス・インペリウムは話をそらした」と、テケナーが報告。「そのことはコスモクラートとだけしか話せない、というように。ただ、こちらが警告者と究極の謎を関係づけたために答えなかったとも考えられる」

「警告者と謎にどんな関係があるのだ？」デイトンは驚いている。

「それはコスモクラートに訊いてみたいものだ。ヴィシュナかタウレクに」

「その機会をあたえよう」と、デイトン。「タウレクはすでにルナにいる。ブリーやホーマー、ティフもいっしょだ。だが、手短に本題に入ろう。警告者の件をきみにたのんだのは、ツナミ艦隊がきみなしでもやれるからだ。短期間ならジェニファーがいる」

「いや、短期間といわず……」

「わかっている」デイトンは不機嫌にさえぎった。「とにかく、きみにテラにいてもらいたいんだ。きみなら警告者に悪さをやめさせることができる。これからしばらくエレメントの十戒のことは忘れてくれ。それは保安部全体でやるから。この問題に専念してもらいたい。もともとこの件はきみの好みに合っているはずだ……古きよきUSO時代のようで。そう思わないか、テク？」

「まだわからない」テケナーは簡潔にいった。「海賊放送局アケローンがテラ近傍空間に、いや、そもそも地球上にあると考える理由はなんだ？　拠点は太陽系のどこにあってもおかしくないのに」

「それはそうだが、放送の首謀者つまり警告者自身の居所がここにあることをしめす事実がいろいろ出ている。どこからでも番組をメディア・ネットワークに送りこめている。そのためには大規模な技術センターが必要で、それはかんたんにかくせないが、海賊放送局がここにあれば、警告者はテラ近傍から操作できる。かれが決定的主導権を持っているからこそ、最新情報を瞬時にオンエアできるんだ」

「だとしたら、さっきテラナーが放送に拒否反応をしめしたことに、なぜ即座に対応しなかったのかね？」

「あれは録画で、生放送ではなかったからだ」と、デイトン。「だが、次回はきっとあらたな状況に合わせてくるだろう。きみも気づいているように、かれはずっとそうしてきた。感情の変化に合わせる達人だからな」

「これまでにわかったことは、ガル？」テケナーが質問した。

「皆無《かいむ》だ」デイトンはため息をつき、いらだったようすでクロノグラフを見た。「面目ないが、これまでつかんだのは漠然とした容疑事実にすぎない。もちろん、警告者の背後に十戒すなわちカッツェンカットがいることは真っ先に考えた。だが、警告はたんなる脅迫でなく、善意そのものとも解釈できる。警告内容が高い蓋然性を持つことは、確率計算から明らかだ。一定の条件がそろえば、警告者が予言したようなことが起こるだろう。それなのに、コンピュータの最終結果予測ではしょっちゅう反対の答えが出る。まるで、正反対に変えた予測結果を警告者の恐怖のヴィジョンに混ぜこんだのではと思えるほどだ。だれかがとんでもなく知恵を絞っている。天才か、あるいはこれに適した専門機関を使える者だろう。いわゆるスーパーコンピュータを」

「ヴィールス・インペリウムかネーサンか……ヴィシュナかタウレクだという疑いも拭《ぬぐ》

いきれんな。だれもが容疑者になりえる」

デイトンはため息をつくとクロノグラフを見、立ちあがった。

「そろそろ時間だ。いずれにしても、容疑事実をつき合わせて吟味したり探りを入れたりすることはやめたよ。ありえないとは思っていないが、なにかを明確にしようともしない。表向きの結論では、理論的な答えの出ない疑問が増えるだけだ。だからきみの力を借りたい、テク。必要なものがあったらなんでもいってくれ。なんとかこの難問を解いて、警告者を捕まえてもらいたい。きみの役にたつにちがいない協力者を紹介するよ。そもそも彼女のほうから……あ、くるぞ。スリマヴォだ！」

デイトンは姿が見えないうちから、コスモクラート三姉妹の末娘がくることを告げた。感情エンジニアなのだから当然だ。テケナーは驚かない。すぐにドアが開き、あのメーキャップ娘が入ってきた。ハンザ司令部前の大きい広場でかれに話しかけてきた子だ。

「なんと！」テケナーはそういいながらも、顔色ひとつ変えなかった。「スリマヴォなのか？」

「スリは快復したあと、あっという間にうら若き女性になったようだ」と、デイトンは確信がなさそうに笑った。「成熟プロセスをへて……いまはそうだな、思春期特有の外見にはある程度、目をつぶるしかあるまい。からだの成長に合わせて精神的能力も成長した。スリはわたしと同じ才能を持っている。相手の感情を……」

「なるほど、それでわかった」テケナーはおもしろがっていた。「彼女はさっき、わたしになにかを感じさせようとしたのだ。だが、こちらはまったく反応できなかった」

スリマヴォはアフリカハゲコウの羽根の衣装と光るメーキャップで身をつつみ、ものもいわずにテケナーを見つめる。テケナーは彼女の精神センサーが自分をからめとるのをしっかり感じとったが、その影響からなんなく身を守った。スリは気にするようすもなく、人を食った態度をすこしあらためると、キスするように唇をとがらせて、ヴィシュナの声でこういった。

「あら！　なんて男かしら！」

「わたしはきみのひいじいさんくらいの歳だと思うが、スリ」と、テケナー。

スリは謎めいた視線を送ると、こういった。

「本当にそう思うの、スマイラー？」

テケナーは彼女の暗い瞳の底に見える深みに驚いた。それは、何層にも重なった未知の人格がはてしなくひろがる土地だった。

「もういいだろう」横に立ってうろたえるガルブレイス・デイトンがいった。「スリは自分から協力者に名乗りでたんだ。どうかな、テク？」

「その格好は勘弁してほしいが」

「あなたを歓迎するために考えたのに」スリマヴォはつんとして反論した。「恥ずかしがり屋のおじいさん向けショック療法よ。一分でもとにもどすわ」

「急いでくれ、スリ。十分後にはルナにいなくては」デイトンは執務室を出ていくスリの背中に声をかけたあと、テケナーのほうに向くと、申しわけなさそうにいった。「いつもはあんなじゃないんだが。なぜきみにあんな態度をとるのか、皆目わからない」

テケナーは話題を変えた。

「ルナでなにをするんだ？」

「十五分後に、ネーサンが無限アルマダのコースデータを受けとることになっている。ほかの者たちはとっくにルナに着いている」

「スチールヤードで？」テケナーはたずねた。それほど重要なデータを伝達する場所は、月のインポトロニクスでもっとも防御のかたいセクションであるスチールヤード以外にありえないにもかかわらず。だが、デイトンの答えにはさらに驚いた。

「もともと、スチールヤードはそのためにあるのだ」と、LFTの保安部チーフはいった。「だが、ハンザ・スポークスマンではないタウレクのような者がスチールヤードに立ち入ることに対しては、ホーマーが拒否権を発動した。保安用防御バリアが障害にならないのは、コスモクラートだけだから。どうしようもなかった」

ふたりが通廊に出ると、向こうからもうスリマヴォがやってきた。見違えるようだとテケナーは思った。長身で百七十五センチメートルはあり、ほっそりしてほとんど少年といってもいい体格だ。その歩き方は、若者が急に伸びた身長についていけないときのように、すこしぎこちない。頭を動かすたびに長い黒髪がきれいな顔に当たる。高い位置にある頬骨、厚みのある唇。大きな黒い瞳には、どこか深いところに太古の知恵がひそんでいるように見えた。ゲシールを若くしたようだ。

「そのほうがずっといい」と、テケナーが褒《ほ》めた。

「おせじでもうれしいわ」スリマヴォは甘ったるい声でそういうと、テケナーと腕を組んだ。

かれらはモン・ダヴィルに〝ドラッグ〟をあたえたあげく、断薬させずにとりあげたのだった。

2

それは非情で残酷で非人間的な行為だ。けれどもモンは、最初の幻覚剤よりもはるかにすぐれた代用品を見つけた。ああ、そういってかまわない。断然すぐれている。

「くらくらする《ディジー》、モン」鏡のなかの自分にそういって目くばせした。

鏡の前でポーズをとりながら、申しぶんなく着飾った自分の姿を念入りに観察する。

その衣装はシンプルな仕立てで、腕と脚をぴったりつつみこみ、身頃には襞《ひだ》がたくさんよせてあった。色はリニア空間のグレイだが、雄鶏のとさか形の〝スウィング冠〟はそれとみごとなコントラストをなす、けばけばしい赤色を選んだ。脚を開き、腰を伸ばし、ぎこちない動きで無理やり右腕をねじ曲げる。袖の膨《ふく》らみから突きだしたリモコンを手で操作するための練習だ。クモのような指を色つきセンサーの上に軽《かろ》やかに滑らせ、歌いだした。

「ディジーランド、ディジーランド、わたしはすべてを知っている……」

ほほえんでいた表情がすぐにかげった。昔の思い出が、最初のころの記憶が、もどってきたのだ。

かつてテラナーたちが第二地球をつくる作戦に精神集中するよう要請を受けたのは、二年半ほど前のこと。モン・ダヴィルは疑似地球の創造に協力した数百万人のひとりにすぎないが、この実験により正真正銘の酩酊《めいてい》状態におちいった数すくない例外者だった。かれにとり、実験は麻薬だった。自分でもすぐにそうだとわかった。

そのあとすぐ、第二地球の創造者たちのなかから最強のプシ力の持ち主一万人が選ばれたとき、もちろんモンもいた。かれは最初にプシ・トラストに属するひとりとして、ストロンカー・キーンのすぐあとにやってきた。自分ではキーンを凌駕《りようが》していると自負していたが、それが決定的要素になるとは思っていなかった。

キーンやほかのプシオニカーといっしょに、シシャ・ロルヴィクで例の時間ダムをつくり、そのうしろに真の地球をかくした。モンは水を得た魚のようだった。この任務で能力が花開いたのだ。プシ・トラストで一生の仕事を見つけたと思っていた。

だが、その高揚感は長くはつづかない。最初の時間ダム決壊のとき、心的虚脱状態におちいってメンバーからはずされたのだ。ストロンカー・キーンがみずから、かれをシシャ・ロルヴィクから追いだした。もちろん、つらく当たったわけではない。やさしい言葉をかけてくれ、モンがなぜプシ・トラストにいられないのか、正当な理由をいくつもしめしてこういった。

「きみは並はずれたプシ力を持っているのに不安定で、プシ・トラストで要求される精神的成長がない。悪いけど、モン、解任するしかないんだ」

そしていま、かれはここに立っている。自分の人生ではじめて真になにかを達成し、その責任重大な任務を気にいっていたのに、よりによってその仕事をさせてもらえない。タフンでの二カ月間の療養を指示されたが、医療惑星には一度も行かなかった。野心がかれをとらえたのだ。プシ・トラストに解任されたなら、自分のプシ・トラストをつくればいい。

かれは、同じように不名誉な退職を余儀なくされた同志たちを見つけだした。かれらは全員、この種の精神活動に中毒状態となり、それなしではいられなくなっていた。

こうしてスウィンガーが誕生した。だが、仲間のひとりで有能なマイクロ技術者がスウィング冠の試作品をつくるまでには、さらに半年以上の時間を要した。

〝スウィング冠〟というのは直径八センチメートルほどのディスクで、アイスホッケーのパックのような外観だ。地味な見かけの陰には精巧な技術による内部構造がかくされている。受信機と送信機、コード生成・複合／変換装置、インパルス発信機、方位測定装置、さらに同様のマイクロ機器がおさめられているのだ。

モンは技術者ではなくアイデアを出しただけだが、この〝パック〟の実現を目《ま》のあたりにした。試作品はいまや技術的に充分に成熟し、全ユニットが作動している。パック自体は不格好だが、それに流行のアクセサリーをつけ、おしゃれなかぶり物に仕立てたのがスウィング冠だ。

モンの関心はスウィング冠の性能だけに注《そそ》がれている。内部構造などは複雑すぎて、どうでもよかった。

この〝パック〟を装着するには、まずその大きさに合わせて髪を剃り、そこへとりつける。インパルス発信機すなわちリモコンでスウィング冠を作動させると、極細のゾンデが頭蓋を通って脳に直接作用する。次に、探しだした周波にチューニングすれば……わお！……幻想の旅に出ることができるのだ。

こうすれば、ホログラム放送を受動的に視聴するのではなく、そのなかへ入りこんで文字どおり肌で感じるように体験できる。いや、それどころか、いままで見たことのない世界、ディジーランドに漂っていけるのだ……

スウィンガーの旅に匹敵するのは、前衛騎兵の体験だけだろう。モンにそんな比較ができるのは、ほかのテラナーすべてと同じく自分のミニ地球で、ヴィシュナのヴィーロトロン結合によって前衛騎兵の雰囲気を味わったからだ。

けれどもアインシュタインの涙の章が完結すると、かれはふたたび拒絶され、前衛騎兵となることを許されなかった。そこで個人的にストロンカー・キーンをたよったが、こういわれただけだった。

「若いんだから現実を見なさい。シシャ・ロルヴィクでのことを忘れたか。あのとき、時間ダムの向こう側であやうくきみを失うところだった」

いま現在、スウィング冠は完璧に機能している。モンにはもう前衛騎兵になる気はない。キーンにとってかわろうなんて、なにがあっても思わない。本人にもそういった。数日前、ストロンカー・キーンと会ったとき……つまり、非常線を突破して近づいたときのことだ。

「ストロンカー、わたしをおぼえていますか。前衛騎兵の地位なんてくそくらえだ。もっとずっといいものを見つけたから」

なんのことをいっているのか、キーンにもわかったはず。もうスウィンガーの存在は知られはじめていたから。非合法の地下組織とはいえ、構成員は一万人に膨れあがっている。複数のスウィンガー・クラブが雨後のタケノコのようにあらわれたのだ。

スウィンガーであることは、独自のライフスタイルと世界観を持つことだ。中毒になり、けっして到達できないディジーランドにますます飛んでいきたくなる。

だが、モンはまったく新しい道を進んでいた。スウィンガーのなかではパイオニアだ。カスタネットを鳴らすようにリモコンを操作すると、鏡のなかの姿をもう一度たしかめて自画自讃し、よろこび勇んで〝ディジーランド・クラブ〟に向かった。

＊

「やあ、モン。きみのディィジー・デイジーはどうしている？」そう呼びとめたのはスウェルト・ドーランだ。そのスウィング冠は道化《どうけ》師の帽子に仕立ててあった。

「おはらい箱だよ」モン・ダヴィルはいいはなった。

「それじゃ、新しい恋人はなんて子？」

デイジー・カペラという名が喉まで出かかったが、かわりにモンはこういった。

「まだ品定め中さ」

その日、クラブは平穏だった。五十人たらずのスウィンガーがいろんな部屋にばらばらに分かれている。モンに挨拶をする者もいたが、冷たくあしらわれたり距離をおかれたり、たいていは無視された。ひとりだけ、女のスウィンガーがかれのとさかを褒めた。いうなれば創立メンバーであるにもかかわらず、モンはさほど有名ではない。ほかの者たちは声も大きく、表舞台に出たがり、特権階級気取りでいるのだが。新参者はかれの功績についてくわしく知らないし、古参の数はすくないうえ、この晩のクラブにはだれもいなかった。けれどもモンは気にしない。会話に興味がないのだ。

「こんばんは、モン」クラブの支配人ホルスト・ランタが声をかけた。ホルスト自身は一度もスウィング冠をかぶったことがない。それどころか、ディジーランドでハイになることさえ断固拒否していた。だが、かれは有能だ。よけいなことは聞かないし、ひかえめで忠実だから。付き合いがひろく知り合いも多いし、新メンバーの面倒を見ながらしっかり観察している。クラブの秘密を探ろうとかぎまわっていたハンザ・スペシャリストの正体を見破ったこともあった。その男は身分が明らかになるとすぐ、スウィンガーたちに鼻つまみにされた。禁止事項もなく、だれでもスウィンガーになれるとはいえ、入会要件をいつわってまぎれこんだ者は処罰を受ける。

「こんばんは、ホルスト」

「きみに紹介したい人がいるんだ、モン」クラブ支配人がいった。「じつに魅力的なデイジーだよ。名前はパトリシア。きみの手ほどきでスウィングしたいといっている。誠実な印象が肝心だ。くわしいことはきみのメモリーに保存しておいた。機会があればどんな子か見ておいてよ」

「ありがとう、ホルスト」

　モンは部屋から部屋へとぶらぶらしながら、だれかれとなく会釈してまわり、無視されては怒り、ホロ・プロジェクターが二十以上ならんだ映写室のような〝ダンスフロア〟を横切る。踏ん切りがつかないまま、ぽつんと放置されている一装置のところにすわりこんだ。

すこし早すぎたようだと思い、バアに行く。だが、すぐに後悔した。そこに偶然ボンバート・トレンクがいたからだ。

「ディジー・グリージー、ビー・バップ・ア・ルーラ、モン！」

「やあ、ボン」

ボンはハリネズミ形のスウィング冠をかぶった生意気な若者で、その風変わりな挨拶が、かれの本質を正確にあらわしていた。完全に現実から逃避しているつもりで、ほかのスウィンガーから〝歩くうすのろ〟と呼ばれているとは夢にも思っていない。ボンはくっつき虫のようにへばりついてきた。モンのことを、まじめな顔をした特権階級だと信じているから。

「やるぜ」ボンはからだをぴくぴくさせながら、いらいらしたようすでリモコンをいじっていた。「絶対やってやる。このあいだの警告者放送じゃ、限界まで行ったんだ。くらくらしたぜ！　あれこそがディジーランドさ。もっと遠くまで行ってやる。どう思う、モン？」

「いいかげんにしろ、若造！」

「本気なんだ！」ボンは全身を痙攣《けいれん》させた。明らかに神経をスウィングでやられている。

「もうやめたほうがいい、ボン」と、モンはなだめた。

「とんでもない！　絶対やめないぞ。これからが本番だ。コリン・ベデロンが目標さ。

いや、その上を行くぞ。ハイになりつづけるんだ、永遠に！」

モンの堪忍袋《かんにんぶくろ》の緒《お》が切れた。ボンを捕まえ、ハリネズミの突起をつかんで冠を引き抜く。ボンの顔は当惑していた。

「よく聞け、ボン」その声は有無《うむ》をいわさぬ勢いだった。「コリン・ベデロンは重病で立ちなおれない。かれはたしかにハイになったが、それは精神だけだ。かれの精神がどこを浮遊しているのか、どの周波で迷っているのか、だれも知らない。いつもどってこられるのかもわからない。からだはきちんとケアされているがな。タフンの生命維持装置につながれている、昏睡状態で。この世界のどんな力も、かれを目ざめさせることはできない。コリン・ベデロンは恐ろしい例なんだ。きみも二の舞になるぞ」

「それならあんたはどうなんだ、モン？　自分は好き勝手に限界を超えて、それをひけらかしているじゃないか」

「きみにスウィンガーのなにがわかる！　綱わたりの危険に身をさらすなら、目眩《めまい》を克服しないと。きみはまだだろう。おとなしくアルマダ・ショーの雰囲気でも味わえ」

モンはボンを突きはなし、〝ダンスフロア〟へ行く。いまはデイジーの波長に合わせたい気分だった。〝デイジー〟というのは新米の女スウィング・パートナーにあたえられるニックネームだが、モンの選んだ女はそれが本名だ。

デイジー・カペラという。

モンは彼女に、エレガントなターバン帽のスウィング冠を贈っていた……匿名のファンとして。だがいま、彼女を表敬訪問する時がきたようだ。

3

かれらは転送機で月へ行き、時間ぴったりに会議ホールに入った。そこでコースデータの受けわたしがなされる予定だ。

部屋は半円形で、多機能装置つきのシートが百二十、すべてネーサン・ユニットの垂直壁に向けて設置されていたが、席は半数ほどしか埋まっていない。ガルブレイス・デイトン、ロナルド・テケナー、スリマヴォは後列の席にすわった。スリはふたりのあいだに割りこんですわり、テケナーに目くばせして挑発する。

ジュリアン・ティフラーひとりが聴衆席の前に立っていた。遅れてきた入場者が成型シートに身を沈めるのを待って、話しはじめる。

「公表したとおり、ネーサンがコースデータを受けとった。無限アルマダが太陽系に向けてとるルートはまだ秘密であり、今後も秘匿《ひとく》される。われわれはだれひとり閲覧することはない。これは保安対策のひとつめだ。ふたつめの対策だが、無限アルマダにコースデータを送るさい、従来の方法であるハイパーカムは使用しない。無限アルマダの出発時点を秘密にすることは不可能でも、どのコースをとるかをエレメントの十戒に知られないようにはできる。現時点までは秘匿されているので、《バジス》に使者を送り、ヴィールス・インペリウムのコース計算をとどけさせる。それについてはタウレクが説明する」

テケナーは、ティフラーがタウレクと交代する合間をみて出席者名簿を確認した。アームレストのモニターに、六十名の氏名が表示される。

ハンザ・スポークスマンは、ホーマー・G・アダムスとレジナルド・ブルをふくめ、半数しかきていなかった。そのかわり、GAVÖKの代表が十名以上おり、のこりはLFTの要員だった。

よく知った名ばかりだが、NGZ四二六年の選挙であらたに選出されたハンザ・スポークスマン全員を個人的に知っているわけではない。ティモ・ポランテとパトリシア・コルメトについては白紙同然だ。知っているのは、ホーマーがかれらを推薦したことだけ。それで自分もかれらに投票した。だが、宇宙ハンザの全体会議はいったいいつ開催されるのだろう。そう思いながら、ふとアトランとジェン・サリクのことを考えた。

〝深淵〟と呼ばれる、想像を絶する遠方へ向かったふたりのことを……

「秘密保持の観点からいえばコースデータはスチールヤードで受けわたすのが得策だろう」タウレクのやや皮肉のこもった声がテケナーの思考を中断した。「だが、ハンザ・

スポークスマンではないわたしがスチールヤードに立ち入れないという規則は絶対だからな。ただ、ネーサンはコースデータを外部アクセスから保護すると保証している」

「秘密保持に関しては、受けわたし場所をここにするかスチールヤードにするかで違いはありません」ネーサンが思いやりを感じさせる声で告げる。すこし間をおき、月のインポトロニクスはさらにつけくわえた。「準備は完了しました。出力オン」

スリが自分のモニターにあらわれて投げキスをよこしたので、一瞬テケナーは集中力をそがれた。スイッチを切り、なりゆきを見守る。

タウレクは、前腕ほどの長さで太さも腕くらいのパイプを持っていた。ガラスのように光を通し、グリーンの蛍光をはなつ液体が満たされている。そのまるくなった端部をネーサンの出力部に三分の一ほどさしこみ、ふたたび出席者のほうを向いた。

「これは〝金庫〟という名のデータ記憶装置で、コースデータの倍の容量の情報を保存できる。したがって、記憶溶液には半分の負荷しかかからない。金庫は外部アクセスから完全に保護され、保存データにアクセスできるのはわたし個人だけだ。これで、カッツェンカットによる探りだしは不可能になる。無限アルマダはいったん動きだしたら妨害しようがないので、じゃまされることなく確実に太陽系に到達できる」

テケナーは、データ入力が進むにつれて金庫の〝記憶溶液〟が赤くなるのを眺めていた。

「美しいうえに高機能ですが」と、観客席から声があがった。「エレメントの支配者が技術を駆使して、コース計算をなぞるかもしれないとは考えられないでしょうか？」

テケナーの表示画面にハンザ・スポークスマンのセレステ・マラニタレスがあらわれた。新人のハンザ・スポークスマンで、テケナーはまだ面識がない。

ネーサンが返答した。

「エレメントの支配者がヴィールス・インペリウムと同じ結果を得ることが絶対にないとはいえませんが、無限アルマダの飛行ルートを知ったからといって、妨害行為が可能ともかぎりません。秘密にしておくというのは、もともと補助的な保安対策にすぎないのです。無限アルマダが太陽系の方向に移動する方法そのものが、すでに最高レベルの安全性を提供していますので」

金庫の記憶溶液の赤色が、暗赤色に変わっていく。それがむらさき色に光ったとき、ネーサンは単調な音響シグナルでデータ伝送の終了を告げた。タウレクは金庫を出力部からはずすと、説明をはじめた。

「わたしはただちに《シゼル》でイーストサイドに向かう。コースデータをわたしたあと、無限アルマダが動きだすまで、それほど長くはかからないだろう……このコース計算が常軌を逸していると、ペリー・ローダンとナコールが考えなければだが」

この言葉で、タウレクが金庫の中身をよく知っていることがはっきりした。テケナーは通話装置をオンにし、ホールの全員に聞こえるようにいった。

「聞いてください、タウレク。警告者のことですこし話をしたい」

「これはこれは、スマイラーがいよいよ狩りに出るのだな」タウレクはおもしろがってほほえんだ。その笑みは、だれもが恐れるテケナーの冷笑とよく似ていた。

＊

テケナーが席をはなれようとすると、スリマヴォが引きとめた。暗い目でテケナーを見つめていう。

「あなたが警告者の名前を出したとき、かなりショックを受けた者がひとりいたわ」

「それがだれか探しだして情報をくれ、スリ」そういうとテケナーはネーサンの操作壁のほうへ進んだ。タウレクが金庫を腕にかかえて待っている。

「警告者の件を調べていると聞いたのですが、タウレク」テケナーは単刀直入にいった。

「調査結果を教えていただきたい」

「なにもない」タウレクはテケナーの疑わしげな目つきに気づいてつづけた。「つまり、きみの役にたちそうなことは。すくなくとも、きみが自分で見つけだしたこと以外はなにも聞いていない」

「いくつかヒントだけでもくれると、こっちも時間が節約できるんですがね」

タウレクは考えをめぐらしながら、その黄色い目でテケナーを見つめた。気の毒そうにも見える。とうとう口を開いた。

「いいだろう。聞け、スマイラー。警告者がカッツェンカットの道具なのか、それともかれ本人なのかについては、まったくわからない。無邪気な愉快犯とも、自分の使命を大まじめに信じている輩《やから》とも考えられる。どうであれ、はっきりしているのは……きみたちも自分で調べだしたはずだが……海賊放送局が未知の技術を使った施設ではないことだ。つまり、既存の施設を利用してテラのメディアを使っている。警告者はメディアの一員かもしれないし、そうした施設に入れる者と同盟しているのかもしれない。確実なことはそれくらいしかいえない。ほかはすべて根拠のない推測でしかないから、わたしの胸にしまっておこう。ただ、さらなるヒントがスチールヤードにあるはずだとは確信している」

「つまり、ネーサンが警告者だという可能性があると?」テケナーは信じられないように、「ネーサンがいまなお、自分がヴィールス・インペリウムより劣っていると感じ、そのために滅亡の予言者として登場したと? いわば、自分に注目を集めてスポットライトを浴びるために? ティフは絶対にそんなこと考えていませんよ!」

「わたしはそれに類することをいったおぼえはない、スマイラー」タウレクは否定した。「はっきりしているのは、警告者が既存の施設を通してさまざまなメディアを利用していることだけだ。そして、それはネーサンなしではできない。調査ではそのことを絶対に忘れないように」

「肝に銘じます。ほかにはなにか？」

「もうひとつヒントを授けよう。よく聞け、スマイラー。きみの調査がどれほど進んでなにを見つけだそうと、警告者の背後には表から見えるよりかくれている部分のほうが多いと考えろ。最後に古いテラのことわざを贈ろう。魚は頭からにおいはじめる！」

タウレクはそういうと、ブル、ティフラー、デイトン、アダムスに別れを告げにいった。テケナーはこのとき、上層部全員と個別に会って個人的な見解を聞こうと決めた。

半円形の座席の列に目をやると、悩ましげなようすで成型シートに沈みこんでいる若い男の姿が見えた。その上にスリが、まさに呪文をかけるような姿勢で身を乗りだしている。

テケナーはその意味をすぐに察知し、スリをきびしく叱らなければ、と思った。ヴィシュナのもっとも若い具象が、その目ざめはじめた能力を、男を振り向かせるためだけに使うなんてことは許されない。

テケナーが走りよると、スリマヴォは肩をすくめ、すぐにまじめな態度になった。

「こちらはハンザ・スポークスマンのティモ・ポランテよ」と、天使のようななに食わぬ顔で紹介した。だが、その暗い瞳の奥は勝ち誇ったように光っている。「もうすこしでわたしと会う約束をするはずだったのに、あなたが衝動洗濯中のハルト人のようにわたしたちの平和な田園風景に押し入ってきちゃったわ」

ティモ・ポランテはハンサムで、日に焼けた童顔があけっぴろげでのんきな性格をあらわしている。その目が一瞬、なにかをかくすように無表情に空《くう》を見つめたかと思うと、すぐにまた愛想のいい笑顔になった。澄んだ目がテケナーをしっかりとらえた。

「よし、ティモ、もう行っていい」テケナーは明るくいった。「このちいさな魔女の呪縛は解けたから」

「ええ、それにもう時間ですので」ポランテは若々しい外観とはちぐはぐな低い声でいうと、立ちあがってふたりに会釈し、立ち去った。

「いいか、スリ。もっと注意しろ……」テケナーが説教をはじめると、スリは即座にさえぎった。

「違うの！　まずわたしのいうことを聞いて。あなたが警告者のことを指摘したとき、ひどく動揺したのはティモ・ポランテだったのよ。だからこそ、かれにいいよったの」

「それで？」テケナーは驚きをかくさなかった。「つづけてくれ」

「ティモを振り向かせるのはかんたんだった。だって、わたしはかれのタイプだから」

スリマヴォはつづけた。「残念だわ。わたしもかれを好きになったかもしれないし」

「残念とは？」テケナーの声は事務的だ。「かれは警告者とどんな関係だ？」

「それは自分で調べて。それとも、あなたの仕事をわたしにまかせてくれる？　でもね、ひとつ気がついたことがあるわ。わたし、ティモに色目を使って、矢で射抜かれたハートをわたしのために描かせようとしたの」

「その愛のハートがどうした？」

「かれが描いたのはハートではなくて、これだった」スリはなにか書きこまれた一枚のフォリオを見せた。「知ってるかしら、ロニー。わたしは相手の欲望を目ざめさせるだけじゃなく、潜在意識を引きだすこともできるのよ」

テケナーはフォリオをじっと見つめた。そこには矢で射抜かれたハートのかわりに、ティモ・ポランテが描いた警告者のシンボル、三本の矢の先端がつくる三角形があった。

「よし、今回はきみのやり方でうまくいった」テケナーは認めたが、すぐにつけくわえる。「とはいえ、成熟した女コスモクラートに、なにがふさわしくてなにがふさわしくないか、話し合う必要があるな」

＊

「ティモ・ポランテというのは何者です、ホーマー？」

「能力のある男だ。出世するだろう。身元調査票を見ればわかる、テク」

「わたしがほしいのは客観的なデータじゃない。ポランテを知っている人物です。かれがなにを考え、なにを感じ、秘密裡にどんなことを望んでいるのか、どんな目標を持っているのかを知る者。わかりますか、ホーマー？」

「本人に訊いてみたまえ。きみに心を開くかもしれない。だいたい、どうしてかれに興味があるのだ？」

「どうも警告者に傾倒しているようでして」

「心酔している者は何人か知っている。だが、だからといってそれをどう評価するんだ。そうだろう、テク」

「ポランテはそれとはちょっと違うんです。警告者のシンボルが奥深くに根をおろしている。まるで潜在意識に焼きつけられたように。あなたにたずねたのは、ホーマー、かれをハンザ・スポークスマンに推薦したのがあなただからです。かれのことを知っているにちがいないと思って」

「建築家の素養を持つことは知っているよ。かれの設計はいくつかすでに宇宙ハンザでかたちになっている。ハンザ・スポークスマンとしてはまだ目立つ仕事はしていない。いまのところ要求がそれほど高くないからな。スポーツに夢中で、誠実でオープンな性格、不適切な傾向もない……つまり、わたしが保証するよ」

「近しい人は？」

「友人関係は知らんが、わたしはよく共同作業する。探りを入れてみようか？」

「いや、それはやりすぎだ。自分でなんとかします。情報をどうも、ホーマー」

「待て、テク。どういう経緯でティモが警告者とつながるのだ?」

「スリがエンパシー能力を使って、かれにハートを描くようしむけたんです。ところが、かれが描いたのは警告者のシンボルだった」

「とくに意味があるとは思えないが」

「そうですね、残念ながら。しかし、ポランテから目をはなしてはならない気がする」

「きみにまかせるよ、テク」

＊

「何人こっちにまわしてもらえる、ガル?」

「百人でたりるか?」

「十人で充分だ。しかし、優秀なハンザ・スペシャリストをそろえてほしい。大都市をよく知る者で、いちばんいいのはテラニア生まれ。シティの地下組織に通じていて、夜の世界にも顔がきく者を」

「テラニアはクリーンな町だ……」

「だが、多様で生き生きしたサブカルチャーがある。それについて議論する必要はない。表面を引っかき、その下になにがうごめいているか見たいだけだから」

「本気で警告者を探すつもりか？」

「優秀なハンザ・スペシャリストを十名だぜ、ガル！　いつでもわたしと連絡がつくようにしてくれ。時間ごとに周波を変えて。それと、わが協力者には例外なしの全権委任をあたえてもらいたい……」

「テク、なんてことを！　それはできない。セト＝アポフィスの時代とは違う……」

「セト＝アポフィス工作員とくらべて、十戒の工作員は危険度が低いとでも？」

「つまり、警告者の背後にはやはりカッツェンカットがいるのか？」

「わたしが追っているのは一ハンザ・スポークスマンがつけた足跡だ！　その意味がわかるか、ガル？　容疑者がその不可侵特権を盾にとったなら、協力者にはそれを突破できる手段が必要だということ。そうでないと先へ進めない」

「わかった。必要なものは手に入るようにする。ほかにいっておくことはないか？」

「容疑者というのはティモ・ポランテだ。警告者が放送した三回のあいだ、かれはスチールヤードにいた。一度はほかのハンザ・スポークスマン二名と、一度はホーマーといっしょに。ただ、ホーマーはポランテの無実を証明できていない」

「ではきくが、証拠はあるのか？」

「まだ調査中だ。協力に感謝する、ガル」

＊

「まだネーサンが警告者だと考えていますか、ティフ？」

「あれはばかげた思いつきさ、テク。とっくに考えをあらためたよ。ヴィールス・インペリウムが警告者だという可能性も同じくらいある」

「それも検証します。話をもどしますが、ネーサンは自分の無実を証明するために、あらゆることをしましたか？」

「なんていいぐさだ、テク！　月のインポトロニクスの話だろう！　ネーサンがふつうの尺度ではどうやってもはかれないコンピュータであることは認めるがね。しかし、ヴィールス・インペリウムに対するいわゆる嫉妬心は、いまでは克服している。無限アルマダのコースデータ受けわたしをネーサンにさせるというのは、ヴィールス・インペリウムの巧妙な方策だった。結局のところ、それはネーサンが太陽系でナンバーワンであるという証明になるから。いやいや、どう考えても警告者とは無関係だ」

「検証したのですか？」

「もちろん。すべての可能性を調べた。月のインポトロニクスが警告者の件を主導していないのは百パーセント確実だ」

「だからといって、ネーサンが外部から操作されている可能性は排除できないでしょう、ティフ」

「だれがネーサンを操るというのだ？　だれにそんなことができる？」

「だれかがそうしたという疑いは、日に日に濃くなっています。それでタウレクの言葉を思いだしましたよ」

「どんな言葉だ？」

「魚は頭からにおいはじめる！」

「そのスマイラーの顔つきはどういうことだ、テク？　最後はわたしを疑うようになるんじゃないか？　そんな安っぽいトリックは使わなくていいぞ」

＊

「クローン・メイセンハートをどう思います、ブリー？」

「どう考えればいいのか、正直よくわからん、テク。一度は感心したが、その後はあつかましい言動にひどく腹がたってな。とはいえ、全体としては有能なレポーターだ。かれにアルマダ・ショーの中継をまかせたことを悔やんではいない。だが、きみの意図はわかっているぞ。ティフが前もって警告してきたから。メイセンハートが警告者かもしれないと、わたしがあるとき考えていたのは本当だ。けれどもその疑いは、シャボン玉がはじけるように消えた。メイセンハートは自分のクルーといっしょにイーストサイドにいて、警告者はここで悪事を働いている。いくら〝韋駄天レポーター〟とはいえ、同時に二ヵ所にいることはできない」

「放送は録画を使えます。強力な同盟者がいれば……」

「またネーサンの話を出すなよ、テク」

「すべての手がかりを調査する必要があるんです、ブリー。じつは、ある事実を突きとめましてね。メイセンハートはアルマダ・ショーの提案を受けた直後、まさに月の計算脳から番組を放送したとか」

「それがどうした？」

「かれが当時すでに、海賊放送局アケローンの拠点を築いていたのだとしたら？　必要なデータが利用できたわけです。じゃまされることなくネーサンの丸天井空間で動いて、恐怖のスペクタクルを演出した……」

「待てよ、テク。妄想の袋小路に入りこんでいるぞ。そもそもメイセンハートはネーサンにアクセスする資格を持たない。きみもそれはよく知っているだろう。かれが警告者である可能性は、わたしと同じくらい皆無だ」

4

デイジー・カペラは三十四歳。素朴な人柄で、人生にもとめていることもひかえめだ。いちばんの願いは、パートナーとしていっしょに人生を歩む、自分にぴったりの男を見つけることだった。

容姿も悪くないし、そんな夢はかんたんに実現するはずだったが、なかなか思うようにいかない。テラにいる数十億人の男は、だれひとりデイジーに目を向けなかった。

原因はたぶん、彼女がコンピュータにかかりきりで、仕事でも異性と関わりがないからだろう。公共輸送機関の苦情受付係として、北北東地区の搬送ベルトを担当している。人との接触はヴィジフォンを通してだけ。もちろん、そのなかには結婚を申しこんでくるファンもいたけれど、デイジーの理想とはかけはなれていた。なにより、苦情電話の相手はたいてい、デイジーのことを〝魅力的な生体マスク〟を装着したロボットだと思っている。

もしかしたら彼女自身、ロボット化しているかもしれない。冷淡ではないが、感情を表に出さないのだ。テラニアという完璧な巨大都市がデイジーを孤独にしていた。

彼女はここ数日、奇妙な憧れが自分のなかに生まれたのを感じている。それは内なる望みと一致していた。パートナーといっしょに星々のもとへ飛んでいきたい。もうテラはうんざりだ。これ以上テラニアにいたくない。

星々へ……

この願いを目ざめさせたのがアルマダ・ショーだというのは疑いようがない。憧れはたぶん、ずいぶん前から意識の下でくすぶっていたが、これだとはっきり名づけることができなかった。その不安と不満が日に日に大きくなり、単調な仕事をよりいっそう苦痛にした。そこへクローン・メイセンハートがあらわれて、無限アルマダの映像をとどけてくれた。そのとき突然、自分がなにをしたいかがひらめいたのだ。大宇宙で生きていくこと。アルマディストたちのような星間放浪者の自由に魅せられ、それが人生の目標になった。

朝の出勤前も、午後早い時間に帰宅したときも、アルマダ・ショーを夢中で見た。身のまわりの出来ごとなど、もうどうでもよかった。クローン・メイセンハートがずっと紹介しているアルマダ部隊のこと、さまざまな種族とその精神的・身体的特徴で、頭がいっぱいなのだ。

この日、十六時数分過ぎに帰宅すると、すぐにホログラム・キューブをオンにした。

瞬時に無限アルマダが部屋に運ばれてくる。

それと同時に、例のターバン帽が目にとまって、デイジーは震えはじめた。

この風変わりなかぶり物は、見ず知らずの一ファンから送られてきた。音声データの説明では〝スウィング冠〟というものらしい。これがあれば、すべてのホログラム放送を直接体験できるという。

デイジーはあちこち訊いてまわり、〝スウィンガー〟と呼ばれる者たちが実在することを知った。かれらはカルト集団のメンバーで、あらゆる映像周波を受信し、ホログラムを増幅させて実際に体験しているようにできるらしい。

すでにいくつか事故が起きたため、そのばかげた行為を政府が禁止しようとしていること、そのせいでスウィンガーが地下にもぐったことも耳にした。

デイジーはいままで、未知のファンがスウィング冠と呼ぶこのターバン帽に手を触れさえしなかった。恐かったのだ。彼女の恐れをさらに強めたのは、〝ピーピング・モン〟と名乗るそのファンの存在だった。同梱の音声データは、すぐにもそちらへスウィングしていくと予告していた。

コンピュータに問い合わせたところ、ピーピング・モンはテラの古いいいまわし〝ピーピング・トム〟をもじったもので、つまりは〝のぞき魔〟だ。それを知って以来、ターバン帽と付属のリモコンに観察されているような気がしてならない。返送するのがいちばんよかったのだろうが、差出人のアドレスは不明だ。それに、スウィンガー・クラブの数も多すぎる……

かんたんなコンピュータ調理で空腹をしのいでから、アルマダ・ショーに集中した。そうすれば不気味なターバンのことも、単調な仕事で沈んだ気持ちも忘れられる。一度だけ、とめようのない星々への憧れをスウィング冠が満足させてくれるのではと考えた。けれども、すぐに思いなおす。そのような代償行動は自分が望むことではない。

いったい、テラじゅうを探してもフロンティア・スピリットを感じられるような男がいるのかしら？　いえ、きっといるわ。そういう男がますます増えていると、メディアのニュースがはっきり伝えていた。無限アルマダは多くの人に、宇宙飛行をなしとげた祖先たちが持っていたような、はてしなき宇宙を探求する希望を目ざめさせたと……それをデイジーといっしょにやろうという男がいないだけだ。

夜遅くなり、疲れたデイジーはこれ以上無限アルマダの情報を受けつけられなくなった。けれども、一度だけはっとした。無限アルマダのコースデータがいまにも受けわたされるだろうと、クローン・メイセンハートが主張したときだ。だが、それはただの虚報だった。噂は噂のままだったから。

デイジーがスイッチを切ろうとしたちょうどそのとき、それは起こった。

宇宙船が深みに向かって無限に隊列を組む宇宙のパノラマに、亡霊めいた映像がオーヴァラップしている。デイジーは驚いて手をとめた。最初は、警告者が放送に割りこんで障害が起きたのかと思った。

*

けれども、亡霊のような姿は銀色に光ってはいない。単調なグレイで、頭はぼやけた赤いしみのように見えた。その輪郭がはっきりしてくると、雄鶏のとさかのかたちをしたかぶり物だということに気づいた。

アルマダ・ショーの音声に大きなノイズがかぶさり、ひずんだ声が響いた。

「デイジー！　デイジー、聞こえるか……わたしが見えるか？　わたしだ、モンだ。約束どおり、きみのところへスウィングしていく。きみを孤独から救いだし、信じられない体験がぎっしり詰まった世界、ディジーランドへ連れていくよ。驚いたり恐がったりする必要はない。スイッチは切らず、そのままにしてくれ。とにかくわたしのいうことを聞くんだ。わかってほしいことがあるから……」

その声は徐々に明確になり、とうとうクリアで立体的に聞こえてきた。人影も同じようにはっきりしたかと思うと、奇妙なかぶり物を頭にのせた男が部屋に立っていた。不気味な訪問者は熱でうるんだような目でデイジーを見ると、こういった。

「きみは美しい、わたしのディジー・デイジー。パートナーとして、きみには想像もつかないファンタジーの世界へ旅に連れだしたい」その目がターバン帽に向いた。「わたしのプレゼントを受けとったね、デイジー。さ、スウィング冠をかぶって、リモコンを使うんだ。どうやったらこちらの周波に介入できるか説明するよ。それからふたりでいっしょに……」

「消えて！」デイジーはようやく覚悟を決めて叫んだ。「出ていって！　あなたがだれかも、どうやってここへ入りこんだかも、どうだっていい。とにかく、きた道を帰って、ピーピング・モン」

「わたしがどうやってここへきたのか、本当に知りたくないのか、かわいいディジー・デイジー？」ホロ・プロジェクションはそういった。「けっこうかんたんなんだ。きみだってスウィング冠をかぶれば、同じようにどこへでも行ける。頭のなかで無限アルマダまで行くことだってできるんだ。きみのひそかな願いはわかっている。否定しなくていいんだよ。きみが憧れているものを、わたしがあたえよう。いっしょにおいで。スウィングだけがくれる奇蹟を見せてあげよう」

デイジーはもう寝る準備をすませていた。いつも裸で寝るのだ。けれども、裸でいることはさほど恥ずかしくなかった。ピーピング・モンがのぞきたいのは、自分の精神だということがはっきりしたから。こんなかたちでコンタクトをとる前に、こちらの心理を詳細に調べたにちがいない。だからといって嫌悪感は拭えないが、興味もわいてきた。どうやって通信ネットワーク経由でプライベート領域に侵入できたのだろう。

「どうやったの？」と、たずねた。「どうしたらこんな鮮明なホロドラマを送れるのかしら。違法放送でしょうけど」

「かんたんなことだよ」ピーピング・モンは妙に愛想がよかった。「スウィング冠を装着して、リモコンで希望の周波に合わせるだけだ。半自動だから、指先の感覚で微調整したらすぐに放送のなかに入れる」

「でも、そうかんたんには通信ネットワークに入りこめないはずよ。なにも知らない市民を驚かせてしまうから」その声はもう冷静だった。違法性を探りだして当局に伝えよう。「でないと、あなたみたいな精神スウィンガーが大勢いることになる」

「そのとおり。これはわたしだけの得意技だ」ピーピング・モンは媚《こ》びるようにいった。「でも、そうむずかしくはないんだよ。たぶん、わたし以外にコード解読を思いついた者がいなかったんだろう。いろんなこと、いくらでも教えてあげるよ、デイジー。わたしといっしょにディジーランドにおいで。スウィンガーの女王にしてあげよう。この味をいったんおぼえたら、もうやめられなくなる。スウィングの虜《とりこ》になるんだ。だけど、いままでの人生でまったく知らなかった感情が得られる。スウィングはまるで……夢が現実になったみたいなもんさ」

「どうして、よりによってわたしのところにきたの？」と、デイジーは訊いた。「引きこもって生活しているし、テラニアにほとんど知り合いはいないし、大勢の孤独なテラナーと大差ないと思うけど」

「偶然だったんだ」と、ピーピング・モン。「目的もなしに通信ネットワークをトリップしているときだった。とくになにをしようというのでもなく、ただぶらぶらしていた。テラニアで毎分どれほど多くのヴィジフォン通話があり、それがどれくらいのルートを通っているか、考えてごらん。通話は何カ所もあるスイッチや分岐を通ってコード化され、固有のシンボルをあたえられる。だからコード表を見て解読する必要がある。きみはコード表を解いたことがあるか？　自分で送信インパルスにもぐりこみ、受信者のところまで送られていくなんてことができるか？　このシステムはとても複雑で、ふつうの手段じゃ解けないんだ。だけど、通信ネットワークをスウィング・インパルスから守ろうなんて、いままでだれも考えたことがない。わたしがはじめて解法を見つけだし、通信ネットワークを使ってかんたんにトリップできるようになったのさ。番号さえ持っていれば、任意の所有者を目標として選びだせる。捕獲インパルスを使った偶然の演出も可能だ。

こんな方法で人と知り合えるなんて、すてきだろう。予想もしていなかった偶然の結果が得られたときは本当に驚きだ。これによって限界がなくなる。どんな周波にも入れるし、どんなに巧みに暗号化された放送インパルスでもかんたんに解けてスウィングできる。最近、宇宙ハンザの極秘周波を見つけたんだ……ま、それはどうでもいい。わたしがどうやってきみのところへたどりついたのか知りたいんだろう、デイジー？　いまいったとおり、偶然なんだ。でも、きみのルートに入って受信機から観察し、そのひとり言を聞いていたら……きみこそわがデイジーだと思えた。わかるかい、かわいいディジー・デイジー？　要するに、わたしはきみと同じく孤独で、きみみたいな人を探していたんだ……きみはどうだい？」

デイジーは叫び声をあげた。もうがまんならない。この見知らぬ男に対してなんとかたもっていた自制心も消え、嫌悪感が噴きだした。侮辱されたうえ、たいせつにしているたったひとつの持ちもの……プライベートな空間をだましとられた気がしたのだ。これでは仮想世界のパートナーとおちおち親密に会話もできない。たとえ、そのあとで憂鬱な気分になるような会話であっても。

なぜなら、ピーピング・モンがホロドラマから彼女の孤独を観察しておもしろがっているからだ。しかも、自分が観察したことを本人に語り聞かせるというおぞましさ。

これはもう殺人に等しい。ピーピング・モンは彼女の内面の、なにかを抹殺した。

「消え失せて！」と、叫んでホロ・プロジェクターのスイッチを切った。雄鶏のとさかをかぶったピーピング・モンの姿が消える。デイジーは、かれがテラの通信ネットワークのどこかで完全に消滅したらいいのにと思った。

＊

「ディジー・ア・ディドリー・ダム、モン！　偽善者め、ハイになろうとしたな？」

「通してくれ、若造」

「あれは典型的なノックアウトだぞ。昏睡状態ぎりぎりだった。ああいう逸脱行為は禁止すべきだね。われわれの評判を落とすだけだ。まじめなクラブなのに」

「まじめなんかじゃない。ディジーランド・クラブは革命的だけれど、まじめとはかけはなれている」

「いいかげんなことをいいふらすなよ、なにも起こっていないからな」その声でモンはホルスト・ランタだとわかった。すぐに、ぼんやりしたうりざね顔がかぶさってくる。クラブ支配人はほかのメンバーをなだめるように、こうつづけた。「みんな自分たちの装置にもどれ。わたしはモンを休憩室に連れていって手当てする。すこし休んだらすぐ元気になるよ」

モンは自分がトリップしていると感じた。まわりがまるでソフトフォーカスのホロドラマのように見える。それでも、もう笑顔になった。

ダンスフロアから持ちあげられて担架《たんか》に乗せられ、人工木材張りの通廊を揺られていく。まぼろしのような顔がいくつも、近づいてきたと思うと消え去った。モンはかれらにほほえみかけていった。

「まいったよ！」

気がつくと休憩室にいた。

「いったいどうした、モン？」と、ホルスト・ランタ。

「追いだされたんだ、ひどいやり方で。間一髪だった。わたしが即座に引っこまなかったら、たぶんやられていた」

「もうオプショナルツアーはやめるんだな。そうでなくても、ここはほかのクラブににらまれているんだ。ちょっとした事件が起こるだけで閉鎖になる。もう二度とやるな、モン」

「わかったよ、ホルスト」

「正体を知られたのか？」

「まさか、素人じゃあるまいし」

「ディジーランドまでだれにも跡をつけられないという自信があるのか？」

「確実さ。そこらじゅうに自分のＩＤパターンをのこしてきたわけじゃない」

「それならよかった。だが、いちおう警告しておく。そういうちょっとしたお楽しみが必要なら、プライベートでやれ。まじめにいっているんだぞ、モン。このクラブでこんどまたスキャンダルが起きたらおしまいだ」

「ああ、わかった」

「本当にわかってくれよ」ホルスト・ランタが頸をマッサージしてくれて、モンの気分はよくなった。クラブ支配人はつづけた。「きみに会いたいという人がきている。パトリシアというデイジーのことは前にいったな。きみと話したくて出なおしてきたんだ。相手できそうか?」

「もちろんだ!」

モンはエアベッドから起きあがり、足を床におろしてすわりなおした。軽く目眩がしたが、恐怖のトリップの後遺症はそれだけだ。ホルストがわきに置いてくれたスウィング冠をかぶった。

ホルストは、大丈夫かというように一瞬モンを見つめ、うなずいて消えた。数分後、からだにぴったりの飾り気のないコンビネーションを着た女が部屋に入ってきた。白いかつらが上部についた生体マスクで顔をかくしている。

モンは女の姿を吟味するように見た。すらりとしたスポーツマンタイプの体形に、人目を引くマスクはそぐわない。そこでようやく、いったいなぜマスクをつけているのかと考えた。まるでその考えを読んだように、挨拶のかわりにパトリシアはいった。

「わたしには公けの生活があって、パーソナリティがよく知られているから、スウィンガーと関連づけられては不都合なの」

「わたしのほうはかまわないよ」モンは気にとめない。「パトリシアは本名?」

女はエアベッドにいるモンの隣りにすわった。

「パトリシアというのは、すぐに正体がわかるほどめずらしい名前ではないから」そういってモンをグリーンの目で見つめた。モンは、この色はほんものだなと思った。

「きみはクラブに入会したんだろう。そうでなかったら、ホルストがこの神聖な部屋に通すはずがない」自分は支配人の習慣をよく知っているといわんばかりだ。「それにはもちろん多額の賄賂《わいろ》が必要だったはず……本当の身元の提示も」

パトリシアは顔をそむけた。

「支配人はわたしがなにをもとめているのかも知っているわ」ちいさな声だった。「そのうえで、かれはあなたをパートナーとして推薦したの。わたしの期待に応えられるのはあなただけだからって」

「なにを期待している?」モンはゆっくりした口調でたずねた。

パトリシアは向きなおって答えた。

「わたしはもう長いあいだスウィングしているけど、トリップがしだいに退屈になってきて、もっとふつうじゃない体験をもとめているの。ある種のイメージは持っているけど、それを実現できる経験がない。だから、パートナーが必要なのよ。わたしを導いて、ふつうとは違う新しいスウィングの領域を見せてくれるような。なにか、すべてを集中的に体験できるものがほしいの。わたしの願いを聞いてくれる？」

「どうかな……」

「なにが問題？　お金かしら？」

モンは腹をたてて立ちあがり、

「とんでもない！」と、どなりつけた。「そういう発言は許しがたい侮辱だ。わたしには審美眼がある。スウィングはわたしの人生なんだ。それに対する要求もきびしい。だから、いままでずっとシングル・スウィンガーで通してきた」

「パートナーになにを期待しているの？」

「まずは完全な信頼だな。きみはいったいだれなんだ？　どんな顔をしているのか？その生体マスクの裏にどんな正体をかくし持っている？」

「これがわたしのスウィング冠よ」

「話をつづける前に、まずはそれをはずしてほしい」

「いいわ」パトリシアが生体マスクを上へ持ちあげると、その声がくぐもって響いた。「わたしがだれかわかっても、驚かないでね」

彼女がスウィング冠をはずすと、ウェーヴが軽くかかった褐色の髪に縁取られ、日に焼けた顔があらわれた。禁欲的といっていいようなその細長い顔から、モンは目をそらすことができなかった。

もちろん知っている顔だ。ニュース番組で何度も見たことがある。

「パトリシア……」モンの口から思わず漏れた言葉を彼女がさえぎった。

「人前で名前を呼ぶのはやめて。なぜスウィンガーとの関係が許されないか、これでわかったでしょう。わたしの嗜好が人に知られたら、政治的に破滅よ。あなたを信頼しているから打ち明けたの」

「信頼には信頼で応える」モンはそういいながらも、このランクの有名人が自分にスウィング・パートナーになってほしいといってきたことがまだ信じられなかった。「後悔はさせないよ、わたしのディジー・デイジー。真のスウィングがどういうものか見せてあげよう。不死者しか体験できないような領域に連れていくよ。きみはディジーランドを知ることになる。物質の泉の向こう側に到達したと思うくらいまで」

「あなたのこと、みんなが噂しているけど、本当なの？」

「どんな噂？」

「宇宙ハンザのどんなコードも解読できるって」

「かんたんさ。きみが望むなら、だれにも気づかれずにネーサンの機密セクションまで入ってみせるよ。できるかどうか、賭けてみる？」

「でも、技術者じゃないのに」

「技術的な条件はほかの者にまかせている。わたしにはほかのだれにもない直感があるんだ。おお、デイジー……パトリシア……くらくらする！」

パトリシアはその奇妙なスウィング冠をふたたび身につけて、いった。

「はじめてのふたりいっしょのトリップを、じゃまするものはなにもないわ」

5

もともと宇宙ハンザには、〝それ〟の敵であるネガティヴ超越知性体セト＝アポフィスを探しだしてしずめるという使命があった。だがセト＝アポフィスがなくなったいま、宇宙ハンザは銀河種族間の結束をかためるための汎銀河交易機構となっている。

だが、しばらく前からは変革のただなかにあった。ホーマー・G・アダムスは財務担当として、セト＝アポフィス消滅によって仕事を失った人員を再編成し、交易機構をたんなる営利事業として運営できるよう尽力していた。それにはセト＝アポフィス要員だったハンザ・スペシャリストたちを再訓練し、新しい任務につかせることもふくまれる。

ところが、かれらのなかには方向転換できない者もいた。そうしたかつてのハンターたちは、商人になるよりも宇宙ハンザをはなれるほうを選んだ。

ロナルド・テケナーに割りあてられた十名はそのような人員だった。三名をティモ・ポランテの担当にしたが、その調査結果はまったくもってお粗末だった。

テケナーはその朝も調査データを読んだが、警告者に関して目新しいことはなにひとつ見あたらなかった。

ポランテに、怪しげな団体や過激なグループとの関わりはまったくない。優秀な建築家で、非の打ちどころがなく、すぐれたスポーツマンでもあった。からだを鍛えるために、スポーツクラブに通ってトレーニングもしている。つまり、オリンピックの理念にしたがって、新時代のドーピング剤にたよることなく身体能力を極限まで高めているということ。バーベルやランニングマシン、縄跳びや鉄棒や平行棒で汗を流し、コンディションをととのえている。

一度など、スポーツ界のいきすぎに抗議して立ちあがったこともある。とくに、宣伝用のアスリートを育てるための遺伝子操作に反対していた。ハンザ・スポークスマンになる前の話だが。所属するスポーツ連盟でパトリシア・コルメトと知り合っている。のちにハンザ・スポークスマンとなる女で、やはりスポーツが得意らしい……

テケナーは、警告者の放送中にポランテといっしょにスチールヤードにいたハンザ・スポークスマン三人のひとりがパトリシアだったことに気づいた。彼女はべつの二回の放送中にもそこにひとりでいたという。そのときいっしょにいた三人めのハンザ・スポークスマンもやはり女で、名前はセレステ・マラニタレスだ。セレステも同じく、二回の放送中にひとりでスチールヤードにいたことが明らかになった。

ここにはなにか、横のつながりがあるのだろうか？　それともまったく偶然に、警告者のどの放送中にもハンザ・スポークスマン三人のうち、すくなくともひとりがスチールヤードにいたのか?

テケナーはハンザ・スペシャリストの特務グループを指揮するタラス・プーカに連絡し、女ハンザ・スポークスマンふたりのことも監視するよう依頼した。

ハンザ司令部内の宿舎を出ようとしたとき、スリマヴォがヴィジフォンで連絡してきた。彼女も同じくハンザ司令部に宿泊しているのだ。

「あなたの夢をみたわ、テク」眠そうな声で、媚びるように話す。「あれはきっと正夢よ。あなたがどうしてラサト疱瘡《ほうそう》をわずらったか、わかったわ」

「よかったな。その話はまたあとで。いまからスチールヤードに行く」

「いっしょに行っていい?」

「それは無理だが、ヴィシュナに連絡してわたしと話すようにいってくれないか。だいじなことなんだ」

「それって……」

テケナーは通話を切ると、近くの転送機ホールからルナに向かった。

＊

スチールヤードはセト＝アポフィス時代の遺物だ。ここを作戦本部として、ハンザ・

スポークスマンたちはネガティヴ超越知性体に関する決議をすべておこなった。そのため、ネーサンの内部にあるこの場所も相応の防御がなされている。ここにはネーサンのなかに記憶されるかたちで〝ハンザの書〟が保管され、セト＝アポフィスに関するすべてと宇宙ハンザ本来の任務がおさめられていた。

ハンザの書はその実用性を失ったが、新しいハンザ・スポークスマンはいまでもこの〝ゆるぎなき鉄則〟に手を置いて宣誓するのだった。ホーマー・G・アダムスは、ハンザの書の文章を実情に合わせることと、全般的に宇宙ハンザを再編することを強くもとめているが、まだ政治的状況がそれを許さない。ハンザ以外にもあれこれ問題があるのだ。アダムスにはたんに、それが理解できないのだが……

スチールヤードに部外者が入室することは絶対に不可能だ。入るにはふたつのコンポーネントに分かれたハンザ印章が必要だから。ひとつは個人に割りあてられた暗号ワードで、ハンザ・スポークスマンの意識内に固定されており、ネーサンが入口ゲートのシンボル経由で呼びだす。もうひとつはスチールヤードのメンバーの体内に埋めこまれたピンの頭ほどの大きさのインパルス発信機、印章ボタンだ。テケナーはこの装置を左前腕皮下に装着していた。ネーサンの検査インパルスによって装置が作動し、装着者固有のインパルスが放射される。偽造防止されたこの個人IDによってハンザ・スポークスマンはスチールヤードに入室できる。

テケナーが入口ゲートの前に立つと、モニターにシンボルが表示され、暗号ワードを告げるよう強制された。前腕に埋めこまれた印章ボタンが検査インパルスに反応し、インパルス放射を励起されても、それを感じることはまったくない。保安エアロックが開き、テケナーはスチールヤードに入っていった。ところがそのとき、かれはトランス状態みたいになった。内面が完全に混乱し、バランスを崩してしまう。

「テク、どうした?」ホーマー・G・アダムスは、操作中だった端末からはなれてテケナーのところにやってきた。大きすぎる頭にいびつな体形の半ミュータントは、明るいグレイの目でテケナーを心配そうに見つめる。「あのスマイラーがこれほどとりみだすとは、世界規模の大惨事が起こったにちがいない」

「ネーサンが識別マークとして警告者シンボルを表示したんです」なんとか気をとりなおしたテケナーはそう説明した。「それで混乱してしまいました。まるで条件反射みたいで、どうしようもなかった。しかし、もう大丈夫です。すぐに原因を探ってくれませんか、ホーマー。ネーサンの目的が知りたい」

「きみの勘違いだろう、テク」ホーマーはそう決めつけたものの、テケナーの要求はただちに実行した。端末にもどると、ネーサンに話しかけた。「進行中のプログラミングを中断しろ……〝新生・宇宙ハンザにおける銀河外空間を包括する新市場開発〟というタイトルだ。保存後、新プログラミング開始。ハンザ・スポークスマン、ロナルド・テケナーのハンザ印章を検証せよ」

「ロナルド・テケナーのハンザ印章を表示」と、ネーサンが告げた。その直後、モニターに、無数の直線がたがいに交差した複雑な図形パターンがあらわれた。

「ラサト」テケナーは内面からの強制力にしたがって暗号ワードを口にした。

「きみは幻影を見たんだ」シンボルが消えるとホーマー・G・アダムスはそういった。「警告者にずいぶん苦しめられているようだな。自分の考えに固執《こしつ》して迷路に迷いこんでいる。まぼろしを見るほどに」

「そんなこと、あなた自身が信じていないでしょう、ホーマー」

「信じていない。だが、ほかに説明のしようがないだろう」

「だれかが悪ふざけしているのかもしれない。ネーサンを好きに操ることのできるだれかが。ホーマー、わたしはまちがいなく警告者シンボルを見ました。もしあれが錯覚だったら、わたしは暗示にかかったということ。だれかの影響を受けている」

「わたしではありません」ネーサンが割りこんだ。「わたしは自分のプログラミングに忠実にしたがって、テケナーの印章を活性化しました。その結果として生じたインパルスはポジティヴでした。そうでなかったら入口ゲートは開きません」

「知っている」テケナーは手を振ってこの話を終わりにした。ネーサンはなにがあっても自分の見解を曲げないだろうから。それから、アダムスをじっと見つめて訊いた。

「いま、あなたひとりですか？　それとも、ハンザ・スポークスマンのマラニタレス、コルメト、ポランテのうち、だれかひとりがスチールヤードにいますか？」

アダムスは怪訝《けげん》そうにしながらも、いまいるハンザ・スポークスマンの名前を読みあげるようネーサンにたのんだ。ネーサンがあげた名前はふたりだけ。それが正しいかどうか、アダムスは確認をもとめた。

ネーサンは会議場をふくめ、スチールヤードのすべての部屋をモニターにうつしだした。そこにいる者たちの個人パターンが表示され、順番に保安プログラミングにかけられる。すべての手段が講じられたあと、のこるのはテケナーとアダムスだけだった。

「満足したか？」と、アダムスが訊いた。「なぜ、よりによってスチールヤードと警告者がつながっている可能性を主張するのだ、テク？　ばかげている」

「さっきあげたハンザ・スポークスマン三人が、警告者の放送中にここにいたからです」アダムスがなにかいおうとするのをテケナーはさえぎった。「この三人を任用したのがあなただということも、かれらの悪口をいわせないこともわかっています。ですが、どんな手がかりも予断を持たずに調査したい。じつは、わたしがここへきたのは、ネーサンに警告者シンボルを解釈させるためです。どうだ、ネーサン？　答えを教えてくれるか？」

「警告者シンボルと名づけられたものは、わたしには未知です」と、ネーサン。「テラと銀河系の歴史には類似性を持つシンボルがいくつも登場しますが、この特殊な形状は例がありません。共通点を見つけだすとしたらただひとつ。三という数字です」

「そうだと思った」テケナーはつづけた。「警告者シンボルは、三本の矢が三つに分かれて三角形をつくっている。三は魔力を持つ数で、容疑者のハンザ・スポークスマンは三人だ。警告者シンボルは三位一体あるいは三人組のシンボルだと考えられる。つまり、三人による陰謀ということ」

「ヴィシュナ、ゲシール、スリマヴォも三人組だ。そのことは考えたか？」アダムスが口をはさんだ。

「話をそらさないでください」テケナーは機嫌を損ねてネーサンのほうに向きなおった。

「警告者シンボルをわたしがいったように解釈できるか？」

「わたしの解釈だと、結論は反対になります」ネーサンが説明をはじめた。「警告者シンボルの三本の矢は共通の中心点を持ちながら、たがいに違う方向へ進もうとしています。象徴学ではこれは団結ではなく分裂や疎外を意味します。進めば隔たりは大きくなるので、三つが統合することを意味してはいません。そもそも、この三つは完全に異なるものです。このシンボルに深い意味があるのかどうかは疑わしいですが」

　ネーサンの説明でテケナーは考えこんだ。

「それは意外だ」とうとう口を開いた。「まったく思い違いをしていた。たがいに違う方向へ進む矢は、完全に異なる三つのもの。なるほど！　わたしは自分の間違いを認める」

「ネーサンがいったように、シンボルに深い意味はないかもしれない」と、アダムス。

「もうひとつ、つけくわえると」ネーサンが自分から言葉を発した。「警告者がこのシンボルでなにか特定の目的を追求しているなら、これは意味を持つことになります。遅かれ早かれ、警告者自身がそれをしめすはず。これが、すくなくとも理論的な結論でしょう」

「困ったことに、警告者は突然、黙ってしまったんだ」と、テケナー。「それはよくあることなのか？　それについて、なにか答えを持っているか、ネーサン？」

「いいえ。わたしはコントラ・コンピュータではありませんから」ルナのハイパー・インポトロニクスの声は、気を悪くしているように聞こえた。

＊

スリは本当にロナルド・テケナーの夢をみたのだった。といっても、なぜラサト疱瘡にかかったのかという話ではない。夢のなかで疱瘡は重要な役割をはたしてはいたが。

夢の内容を思いだすと、奇妙な感情がこみあげ、テケナーの顔のあばたをなぞった指先がちくちくした。目を閉じて、意識のある状態でもう一度、夢をたどってみた。けれども突然、とても恥ずかしくなる。できるものなら自分の記憶からすべてを消し去りたいと思い、すすり泣きはじめた。

〈ヴィシュナ、ゲシール！　わたし、どうしちゃったのかしら？〉頭のなかでふたりを呼んだ。〈どうして突然、こんなに憂鬱な気持ちになるの？　さっきまで感情がものすごく高まっていたのに〉

ふたりの姉は彼女のテレパシーの声を聞きつけた。

〈心配することはないのよ、スリ〉ゲシールがやさしい言葉をかけた。〈これも成長の一段階で、もうすぐ終わるから。少女から大人の女になるのよ。いまのあなたはどちらでもないから、感情の高まりがはげしくなってしまうの。思ったほどドラマティックじゃないということが、もうすぐわかるわ〉

〈どうしてそんなことがわかるの？〉スリのいい方はいやみたっぷりだった。ゲシールの送ってきた思考が、なぐさめというよりよけいな口出しに感じられたから。〈ゲシールは少女だったことなんてあるの？　成熟した女としてこの世に生まれてきたくせに〉

〈それは本当だけど、わたしにも思い出はあるの。子供のころの悩みや成長して大人になる時の苦しさは理解できるのよ〉ゲシールの思考が入りこんできた。〈それはもしかしたら、前世の思い出かもしれないわ……〉

〈ふたりとも芝居がかったまねはやめなさい！〉そういったのはヴィシュナだ。きびしく、とがめるように、〈なにからどう成長したかなんて、どうでもいい。それより、いま自分がどうなのかよ。あなたたちをつくったのはたしかにわたしだけれど、あなたたちにはいまの自分に対する責任がある。三人が一体化したいま、この話題で議論しても意味はない〉

〈わかったわ〉スリマヴァが同意した。〈わたしはひとりでなんとかする。ふたりに呼びかけたのは、ほかに理由があるの。ロナルド・テケナーにたのまれたの、ヴィシュナと話したいって。警告者と三つの究極の謎についてだと思う〉

〈それとこれと、どんな関係があるの？〉ヴィシュナは不機嫌だった。〈自分でテケナーと話しなさい、スリ。わたしたちを引っぱりこまないで〉

〈でも、テクにはとてもだいじなことよ〉スリはきっぱりいうと、ヴィシュナが約束するまで態度を変えなかった。〈話をしないと、かれはヴィールス・インペリウムが警告者と関係していると考えるかもしれない〉

〈わたしたちとヴィールス・インペリウムとのあいだには問題があるけれど、種類がまったく違うわ〉ゲシールが割りこんだ。〈ヴィールス・インペリウムは大きく変わってしまった。ヴィシュナの考えは……〉

〈ロナルド・テケナーの意志をかなえてあげるわ。望みの話し合いの場を提案して、スリ〉

ここでテレパシーがとだえ、スリマヴォは姉ふたりと連絡できなくなった。

「いったいあなたは何様なのよ、ヴィシュナ！」スリマヴォは大声で怒ると、手近にあるものを壁にぶつけた。けれどもすぐに気がおさまり、小声でつけたした。「すくなくとも、自分がだれかはわかっているよね。でも、わたしはだれで、これからどうなるの？」

スリは、急に自分が不幸な負け犬でとるにたりない者だと感じた。テケナーに会いにいこうとしたが、まだスチールヤードにとどまっていると知り、さらにみじめな気持ちになった。

それから、その気持ちに逆らうように派手な化粧をして、イミテーション羽根の衣装を身につけ、なんとか気分を高めようと出かけた。

ひろびろとしたハンザ司令部の内部を散歩していてティモ・ポランテに出会ったのは、まったくの偶然ではないだろう。ポランテはスリの挑発にあらがえず、仕事が山積みなのに休みをとることにした。それでスリはおおいに自信を深めたのだった。

＊

「まさに拷問部屋ね！」スリは叫んだ。ティモが彼女をスポーツセンターのフィットネスルームに連れていき、さまざまな機器を使って男や女が息を切らしながら汗を流し、ウェイト・トレーニングに精を出している部屋で説明しだしたときのことだ。とはいえ、スリがひかえめにオーラを出し、通りかかった男たちが苦行を中断して自分を讃美するようしむけたのはいうまでもない。

ふたりはひとまわりすると、バアへ行って人気《ひとけ》のないかたすみにすわった。ティモはスリのぶんも電解液ドリンクを注文した。

「突然、自分になにが起こったのか、わからないんだ」そういってティモは、サーモボックスに入って運ばれてきた、軽く泡立った無色透明の飲み物をぼんやり見つめた。視線をあげてスリの暗く深い瞳をのぞきこむと、吸いこまれて目をそらすことができなくなる。

スリはティモの視線を解きはなち、リラックスできるようにしてやった。かれのからだはすっかり力が抜けて、サーモボックスを落としてしまい、スリが受けとめた。だが、かれの精神はブロックされたようにこわばったままだ。

どこかしっくりこない。スリはかれの奥深くに入りこもうとしたが、うまく集中できなかった。どこからか妨害インパルスが流れてくる。彼女が使っているのと同じ波長の感情が。それはつまり、スリに探りを入れようとする振動だった。

だれかがすぐそばで、自分と同じ問題にとりくんでいる。ティモ・ポランテ、警告者、宇宙ハンザ、ロナルド・テケナー……そのだれかはテケナーの部下だ。テケナーが部下に、ポランテの行動すべてをひそかに監視して分析するよう命じ、会話を盗聴して記録させている……

この感情振動の発信源がどこか見つけるのに、時間はかからなかった。禿頭《とくとう》の小柄で地味な男がスリたちのななめ上の一段高くなった席にいて、いらだったようにアームバンド装置をいじっている。スリは男が気づいてこちらを向くように目立つ身振りをすると、近づいていき、もう役目は終わりだと告げた。愛想よく自己紹介をうながす。相手はよろこんで名前と役職と任務を教え、ロナルド・テケナーにすぐにでも報告すると確約した。

スリは満足してもどり、ティモ・ポランテに専念した。

「警告者についてどう思う、ティモ？」と、スリが訊いた。

「警告者？」かれは驚いてくり返した。「考えたこともないよ」

「まさにそこなのよ」と、スリ。「まるでだれかが、その概念をあなたの記憶から消しているみたいなの。でも、警告者がいつも自分の番組で登場させる印を、あなたがそうと知らずに描いたということは、潜在意識がそれを告げているのよ。こういう印よ」

スリは空中で三本の矢を伸ばし、その先端をつないで三角形を描いた。

ポランテの顔がぴくりと動き、こわばった笑顔になった。

「ああ、それか」と、かれはいった。「それはわたしのスポーツマークだ」

「だれがそんなこと吹きこんだの、ティモ？」

「吹きこむって？　これはわたしのマークだよ。スポーツで好成績をあげたときにつけてもらったんだ」

「なにをいいかげんなこといってるの、ティモ」スリはティモの興奮がどんどん高まっているのに気づいた。自分ではどうしようもないなんらかの葛藤が感情に生まれたのだ。「これは警告者のシンボルよ。そんなこと、テラだけじゃなく銀河系で知らない人はいないわ」

「それがどうした？」かれの顔がまた引きつった。「わたしには関係ない。その印は自分にとって違う意味があるというだけだ。個人的な印さ。からだについている……」

ポランテは唇を噛むと、スリの視線から逃れようとした。

「じゃ、見せてよ、ティモ」と、スリがたのんだ。「わたしに信じてほしいなら、印がついているからだの個所を見せて」

ポランテは思わず飛びあがった。怒って機嫌を損ねたように見えたが、じつは心的なジレンマのあらわれにすぎなかった。外部からのなんらかの影響で、決まったふるまいをさせられているのだろう。ティモは自分を見失っていた。

スリがとめる間もなく、かれは上半身裸になって腹の筋肉を誇示する。警告者シンボルが目に飛びこんできた。それはへその上に指三本ほどの幅で入れ墨され、かすかに銀色の光をはなっていた。

「服を着てよ」スリはそうたのむと、おちつきなくあたりを見まわした。「人目を引いてしまったわ。すわって、おちついてよ！　あなたを信じるから。こうやっていっしょにいるから」

ポランテの緊張がゆるんだ。上半身にコンビネーションを着こむと、席にすわった。スリはポランテの手に自分の手を重ねて握った。

「かわいそうなティモ」スリは同情してそういった。「だれかがあなたの心を操作したのね。どういう種類の介入かはわからないけれど、だれかがあなたの記憶を改竄《かいざん》したって、はっきり感じるの。わたし、あなたのこと助けてあげたい。それにはあなたの了承が必要なの」

「わたしは……なにがなんだかさっぱりわからないんだ」ポランテは苦しそうにそういった。

スリマヴォのアームバンド装置が鳴る。彼女はため息をつき、通話を開始した。

「またなにをしたんだ、スリ！」テケナーの感情をおさえた声が響いたが、スリは人間の聴力域を超えたところで、その声が怒りで震えていることをはっきり感じた。「タラス・プーカがわたしのところへきて、きみの唇が花のようだの、目が星のようだの、夢中になって報告してくるんだが、いったいどういうことなんだ？」

「その報告が間違っているとでも？」スリは色っぽい声でそういい、たたみかけた。「あなたの密偵は、わたしがティモ・ポランテを調査するのをじゃましたのよ。ハンザ・スポークスマンは操られている。どうやってかはわからないけど。でも、いい知らせもあるのよ。ヴィシュナがあなたと会うって」

＊

テケナーはハンザ司令部にある自分の執務室でスリマヴォを待っていた。タラス・プーカをスリのもとに送ったのは、彼女が蒔《ま》いた種からすこしでも収穫できるようにと思ってのことだった。スリがまだ光るメーキャップと羽根の衣装のまま、目をくるくる動かしながらしかめつらをしてプーカとやってきたとき、これですこしは懲《こ》りただろうと思った。スリマヴォとふたりきりで話したいから席をはずしてほしいといっても、プーカはなかなか納得せず、嫉妬深い目つきでテケナーを見つめたのだった。

「ひどいじゃない、テク。よりによってわたしにべた惚れの男を同伴者によこすなんて」と、スリマヴォは恨みがましくいった。

「きみが自分で惚れさせたんだ。かれのほうがはるかに気の毒だと思うね」テケナーの声に非難の色はない。そっけなくつづけた。「わたしはきみのことを充分に理解している、スリ、本当に。ふつうの少女なら数年かかるところを、きみはほんの数日で成長した。かんたんに克服できるものじゃないだろう。だが、もう少々がまんしてくれ。他人の感情で遊ぶのは、時として非常に危険だ。しかも、危険なのは遊ばれたほうだけじゃない」

「悪気《わるぎ》はなかったのよ」スリは無邪気に笑った。「それに真剣じゃないし。おっしゃるとおり、これはただのお遊びよ」

「けれども、やってはいけないことだ。本気でそう思う」テケナーはつづけた。「そういうふるまいは、きみの品位も損ねる。他者の感情を受けとってその真意を見抜ける才能があるからこそ、自分が人の態度や行動にどれほど大きな影響をあたえるかを自覚しなければならない。結果を考えずに見境いなく他人の感情に介入するなんて、無邪気な少女のいたずらではすまされない」

「わたしは少女じゃない、大人の女よ」スリは思わず言葉を発した。「あなたがそれを認めないだけ。他人の感情についてお説教するくせに、わたしの気持ちは無視するのね」

「きみは真の感情と一時的な熱狂を混同している、スリ」テケナーはいい返した。「わたしはきみが好きだし、いい友になれると思う。でもそれは、きみが自然にふるまったらの話だ。自分らしくしろ。分別がつけられるか？」

「わかったわ、テク……仲間として！」スリはテケナーを見あげて納得したようにほほえんだが、その瞳の奥がわずかにいたずらっぽく光った。

「よかった。それこそ、わたしがヴィシュナの具象に期待することだ」

「ヴィシュナの具象であることの、なにがそんなに特別なの？」スリが突っかかるようにたずねた。「ヴィシュナなら答えられるかもしれないけど、わたしには特別な恩恵は感じられない。それに義務があるとも思っていないわ。ヴィシュナやゲシールとはつながりを感じても、姉たちとのつながりはどんどん弱まっている。わたしにはわたしの個性があるわ。奇妙に聞こえるでしょう。でも、わたしの快復プロセスに必要な精神再統合のさい、最終的に三人は完全に分離したの。ゲシールもわたしも、もう保護者としてヴィシュナを必要としないし、ヴィシュナもわたしたちの面倒は見ない。なにがいいたいかわかる、テク？」

「わかるよ」テケナーはうなずいた。「だが、以前のきみはヴィシュナの一部だった。ショナアルにあらわれる前のことは、なにもおぼえていないのか？」

「なにも。でもそんなこと、どうでもいいわ。それでなにか負担に思うこともないし。その前のことはヴィシュナから聞いて。あなたの質問を伝えるから。なにを知りたいの？」

スリマヴォの素性を聞きだそうとしたテケナーの試みは失敗した。その話はあきらめた。

「わたしが知りたいのは、ヴィシュナにとって具象がどう重要なのかということ。具象がどのように生まれて、どこに何体あるのか」

テケナーはスリマヴォを観察した。とくに変わったようすはなく、テケナーが話し終わるとすぐにヴィシュナの声で、答えを自分の口から告げた。

「ずっと前から知られているとおり、ヴィールス・インペリウム部分的再建のためにヴィールス集合体がヴィシュナ成分と結びつくところならどこでも、わたしの具象は生まれる。この部分的再建がある特定の範囲まで達してわたしが相応の力を持った場所では、具象が生まれ、ヴィールス・インペリウムでの作業を監視した。これは宇宙の多くの場所で起こった。長つづきしなかったり、突然変異したり、生まれてすぐに死んでしまった具象もあるけれど、数えきれないほどの具象が存続していた」

「具象はその後、どうなったのか？」と、テケナーはたずねた。

「ヴィールス・インペリウムが組み立てられたとき、わたしは全員を自分のなかに統合した。ベリーセがすべての具象の核心といえるかもしれない。だから、わたし自身がすべての具象の総体よ。そうでなければ、わたしは肉体を持てなかったでしょう」

「なぜスリとゲシールは自分にとりこまなかったのか？」

「ふたりはもう強くなりすぎていた。いわば独立したということ」ヴィシュナはスリマヴォの口から答えた。「どうしてそんなことになったのか自問して、これが最高の知恵だという答えを見つけたわ。実際に口には出さなかったけれど」

「どんな答えを?」

「深淵の騎士がゲシールとスリマヴォを存続させたのだと思うの。ゲシールの場合は、深淵の騎士の資格を持つに等しいアトランが、スプーディの燃えがらで彼女を見つけた。テラで実体化したスリの場合は、ローダンとサリクね」

それはテケナーが納得できる答えだった。けれどももっと正確なことが知りたくて、さらに質問する。

「では、ほかのすべての具象はあなたのなかにもどったのか? 本当に全員?」

スリマヴォが、驚いた顔をして答えた。こんどは自分の声で。

「ヴィシュナはそう確信しているわ。どうして疑うの、テク?」

「ただの思いつきだ。だが、きみの存在理由が騎士の資格にあるということで、その思いつきが強まった。だからヴィシュナに訊いたのだ。ほかにも具象がひとり、テラに存続しているんじゃないかと」

「それは絶対にありえない!」ヴィシュナがスリマヴォを通して主張した。「生存能力を持って生きのこったのは三人だけよ。四人めの具象がいるなんてばかげた考えをどうして思いついたの?」

「それほどはっきりいうなら、わたしの考えそのものがばかげているんだろう」テケナーは曖昧に答えた。「太陽系で奇妙なことがいろいろ起こったせいで……」

突然、スリマヴォの高笑いが響きわたった。それが三人ぶんの笑いだとテケナーが断言できるほどの。

「ごめんなさい、テク。でもあんまりおかしくって」スリマヴォはこみあげてくる笑いをなんとかこらえたが、笑いすぎて出た涙で化粧がにじんだ。「もしかして、ヴィシュナの具象のひとりが警告者だと本当に信じているの?」

「もう忘れてくれ、スリ!」と、テケナーはいった。「いまいましい!」

6

セレステ・マラニタレスはまだ四十二歳だが、早くも人生を達観していた。ほしいものはすべて手にしている……〝ほとんどすべて〟と、思考の脚注につけくわえた。セレステは異民族学者であり、大学卒業後の夢は、研究船に乗って故郷銀河を飛びだし、宇宙の知られざる深淵に飛んで、未知の種族を発見することだった。

この目標を実現する場として、宇宙ハンザは最適のように思われた。未知生物とはじめて遭遇したときの人間の行動様式について書いた論文が何本か売れ、それにはげまされていくつか提案をおこなった。それはもちろん、異星人とどう貿易関係を結ぶのかということがテーマだった。

セレステはそこから独自ともいえる学問領域を発展させていた。しずかでひかえめな性格と地味な外見に似合わず、驚くべき世界と幻想的な文化を持つエキゾティックな生物を頭のなかでつくりあげてはシミュレーターに記録し、自然に忠実なホログラム生命体としてよみがえらせた。未知の星間種族と知り合うという望みにかなり近くて、満足していた。ときどき放浪癖がうずくと、未来の研究旅行で得られるはずの成果はすべてシミュレーターで先取りしたんだから、と、自分をなぐさめた。

やがて宇宙ハンザの常勤職員になり、ホーマー・G・アダムスの目にとまってチームの一員となった。NGZ四二六年、アダムスにハンザ・スポークスマンとして推薦してもらい、選出された。

以前から〝異銀河クラブ〟という団体と接点があったことが、セレステの仕事に役だった。〝異銀河シミュレーションの友〟と自称し、自由時間に活動している。それは実質上、ハンザでの仕事と同じだったが、この団体では仕事よりもずっと能力を発揮できた。友は彼女に命令しないから、空想が制限されることもない。

いまや異銀河クラブには活動メンバーが数千人もいた。内気で遠慮深い性格のセレステは、匿名というヴェールのうしろにいたが、いまもクラブの大型シミュレーター用プログラムを提供し、相いかわらずひとり頂点に君臨している。

「これまでいちばんの出来よ」クラブ会長のシルヴァ・ドマンはセレステに心酔していた。「あなたが準備したショーは、メンバーたちに最高の星間冒険旅行を提供するわ」

異銀河クラブの趣旨はいまも昔も、宇宙開拓者たちをトレーニングして、いつの日かその理論的知識を実際に使えるようにすることだ。とはいえ、メンバーの平均年齢は八十歳。シミュレーションだけでがまんするほかないという状況になりつつある。それでも近ごろは、未知の星間に飛ぶという願いがほとんど病的なまでに肥大していた。

セレステは本業に時間をとられ、しばらくのあいだクラブの作業をひかえるしかなくなった。ホーマーが……いまでは経済部チーフを親しげにそう呼んでいる……セレステを必要としているからだ。〝新生・宇宙ハンザにおける銀河外空間を包括する新市場開発〟という拡張計画を進めるために。

ところが、故郷銀河で起こった出来ごとのせいもあってこの計画が停滞したため、セレステはふたたびクラブでの活動に時間を割けるようになった。

ホーマーがなぜ休暇をくれたのか思いだそうとしたが、正確な理由は思い浮かばなかった。記憶力と観察眼はだれにも負けないはずだが、どうしても思いだせない。周囲のようすもどうもおかしい。監視されているように感じる。さらにその日、クラブから帰ってくると、部屋にあるものがいくつか、いつもの場所にないことに気がついた。

シルヴァ・ドマンから連絡があった。その晩〝未知ヒューマノイドとの邂逅《かいこう》〟という題のシミュレーション・ショーを実施する約束をすっかり忘れていたのだ。セレステは、いまちょうど準備中だと答えたものの、内心なんのことかわからなかった。

コンピュータの前にすわり、記憶バンクをあれこれ呼びだした。どこかに今晩のプログラムを保存しているはず。だがどんなに探しても、目当てのものは見つからない。セレステのいらだちはどんどん強まった。

チェーンで頸からさげた正三角形のアミュレットをもてあそぶ。三角形の頂点を指先が痛むほど強く押し、銀のアミュレットを唇にはさんで噛むと、口からはずし、目の高さに持ちあげて、三つの鏃《やじり》の隙間からモニターをのぞいた。

かちり！

音がして、コンピュータが話しかけてきた。

「コード受領。セレステ、これはあなたが保存したメモよ。よく聞いて……」スピーカーから自分の声が響いてくる。「わたしがこのデータを保存したのは、記憶が奪われたり、自由意志で記憶を削除したときのため。正確な注釈はつけない。望むことが起こった場合、わたしは適時に必要な知識をすべてとりもどせるから。コードマークは……」

モニターにはセレステのアミュレットと同じシンボルが表示された。

かちり！

セレステは、いまモニターで見たものはなんだったかと考えたが、まったくわからなかった。それについての記憶がないのだ。けれども、ドマンの連絡はおぼえている。そして突然、今晩のシミュレーション・ショーのプログラムを見つけたと確信した。

「祖国は救われた！」安堵のため息とともにそういうと、自分の言葉に驚いた。こんないいまわしを前に一度でも使ったことがあったのかどうか、思いだせなかった。

*

スリマヴォはシンプルなコンビネーションに着替えていた。からだにぴったりした好みのタイプではない。ロナルド・テケナーが自分の影響力にものをいわせたのだ。

「見て、わたしだっておとなしくなれるのよ」スリはこれ見よがしにそういった。

「いつまでつづくかね」と、あばたの男。

「なにがです？」タラス・プーカの声がアームバンド装置から聞こえた。

「こっちの話だ」テケナーは答えた。「持ち場でセレステ・マラニタレスの監視をつづけてくれ。ほかの者は、彼女の装置から目をはなすな」

「いったい、ここはなにをするクラブ？」スリが疑問を口にした。自動改札のようなところを通って、現代的なホールに着いたときだ。「交霊術者の集まりとか？」

ホールの天井には大小のホログラムがうつしだされていた。未知惑星の、見たこともない動物や植物の幻想的なシーンで、その合間に奇妙な知性体がクローズアップされる。それぞれに空想的な名がつけられ、およそ有機生物とは思えない性質や能力をナレーターが読みあげていた。

べつのコーナーでは、ちょうどホログラムで恒星の誕生と惑星の形成が上映されていた。ブラックホールや物質の泉にいたるまでの発展過程を、ヘルツシュプルング＝ラッセル図に沿って見ることができる。

「本格的な作品だな」テケナーは感心しつつ、スリの質問を思いだして答えた。「異銀河クラブは銀河外の生物や自由に創作した未知知性体との遭遇をシミュレーションし、それらとの接し方をメンバーに助言するんだ。プログラムのなかには、未来の宇宙開拓者に役だつようなリアルなものもあると聞いた。だが結局のところ、メンバーはみな夢想家だよ。金の鳥籠のなかで安全に冒険することで満足している。だが、きょうのプログラムはきっとおもしろいだろう。セレステ・マラニタレスがつくったから」

「なにを期待しているの？」スリが訊いた。「彼女の家を探してもなにも見つからなかったのに」

「まだ頭のなかは見ていないからな」と、テケナーは反論した。「わたしはセレステの空想の産物を知りたいのだ。そこからなにかがわかる気がする」

テケナーは黙っていたが、セレステの家では発見があった。コンピュータの記憶バンクがロックされていたのだ。かんたんには解除できなかったが……すくなくとも、短時間では無理だった。

そこであらゆる手をつくし、自分の部下全員を異銀河クラブのメンバーにさせて、会員向けの上映に参加できるようにしたのだ。

テケナーとスリは宙づりのボックス席をあたえられた。自分で操作すると、ホログラムのジオラマを全方向から見ることができる。

上映用ホールは球形で、〝われらの中空世界〟と名づけられていた。中央に浮遊するレーザー・プロジェクターは、宙に浮いたボックス席のひとつから操作される。わずか三百席ほどの座席はふたりから六人がけの球状の乗り物で、やはりボックス席と呼ばれていた。そのうちの半分だけが誘導ビームで宙に浮き、のこりは下側の球面とつながっている。だが、同じようになんの支障もなく動けた。いわばレース用のサーキットみたいなものだ。

「あれがセレステだ」テケナーは女がひとりすわっている球状ボックス席に顔を向けた。

「若く見えるけどけっこうな歳ね」スリはそう断言し、すこしためらってからつけたした。「自分のやっていることに自信があるわね。全身全霊で打ちこんで、自分こそが伝道師だと信じている。でも……ティモと同じく精神に穴があいてるわ。何者かが彼女の感情世界の一部を焼失させたのよ」

中空の球が暗くなり、中央に上品な服装の老婦人がホログラムであらわれた。白髪を結いあげている。クラブ会長シルヴァ・ドマンだと自己紹介し、眠気を誘う開始の言葉につづいて今夜のショーがはじまった。

「それでは〝未知ヒューマノイドとの邂逅〟をご堪能ください。シミュレーター操作はセレステ・グルエルフィン！」

すべてのボックス席から電子音の拍手が起きた。スリもどうしても拍手がしたくて、センサーの〝拍手レベル八〟を押す。さらに自分でも手をたたきかけたが、テケナーの表情がこわばったのですぐにやめた。

「セレステの感情に注意を集中しろ」と、テケナーが手短に指示した。

かれはプーカとその他の部下二名を〝われらの中空世界〟に配置し、セレステ・グルエルフィンのショーもその心的副作用も、のこらず記録させていた。

ショーは前置きなしにはじまった。宇宙の深淵で異銀河のヒューマノイドと地球に似た酸素惑星で出会うという、特定条件下のシミュレーションであることは説明不要だったから。

コンピュータ音声が、セレステ・グルエルフィンがこれから未知ヒューマノイドとその故郷世界を紹介するとだけ告げる。

すると突如、巨大な人影が〝われらの中空世界〟のまんなかに立った。一見したところ、人類のようだ。セレステによる解剖学的な説明でさまざまな特徴が明らかになっていった。

＊

この異銀河人類は身長二メートル。すらりとして肩幅もせまいことが目を引く。膨らんだ胸郭もやはり細く、腕も脚も華奢《きやしや》だ。ほっそりした手と大きく細長い足にはそれぞれ指が五本あった。細い上腕は前腕の半分ほどの長さしかないため、芝居がかった不自然な動きになる。同様に、大腿は短く下腿は長く、まるで膝のすぐ上に骨盤があるように見えた。

セレステは未知ヒューマノイドにアクロバットのような動きをさせた。身のこなしは柔軟だが、歩き方はぎこちない。

テケナーはその動きをじっくり観察してから、未知生物の頭に目を向けた。その頭は、髪はなく、ほっそりしたからだに釣り合わない大きさだ。長い頸は頑強そうで、こちらもからだに比して太すぎる。姿勢が前傾していて、挑戦的に見えた。

それとは対照的に、顔つきは柔和な印象だ。からだの醸《かも》しだす雰囲気とのちぐはぐさをすっかり忘れさせる。

眉がないので野卑に見えるが、完全に人間の顔だ。張りだした額の上には髪もない。鼻は大きめ。口もとはふっくらした唇が突きでて、顎がややしゃくれている。気立てのよさそうで温和な、お人よしといっていいほどの善良な性格が顔に刻まれていた。

裸身だが、性別をしめす特徴はなかった。

「マラニタレスって案外センスないわね」レベル十一の熱狂的な拍手が満場に響きわた

るのを聞きながら、スリはいった。「わたしだったら男のヒューマノイドにするけど」

「それより、セレステの感情を教えてくれ」テケナーは要求した。

「いけない、そうだった……」スリは神経を集中させた。「基本的に不快感しかないわ。居心地が悪そう。動揺しているし、自分がなにをしているのかよくわかっていない。この未知生物の名前も考えてないし……いまは服を着せたいと思っている！」

巨大ホログラムは操り人形のように奇妙な、不自然な姿勢になった。観客は電子音で哄笑《こうしょう》したが、すぐに押し黙る。この幕間劇《まくあい》が意図されたものでないことに気づいたのだ。

「セレステは困っている」スリはささやいた。「プログラムがおかしくなったけれど、どんな操作でこうなったのかわからないみたい。いろいろためしても、ちゃんとした上映にならないのよ。あ、でも、いまやっとわかったんだと思う」

ホログラムの人影が動かなくなり、やがてきらきらと光りだした。そのまわりをカーテンのようなものがかこんだが、しっかりしたかたちにはならない。そのかわりに照度が強まり、きらきら輝く外見が銀色になり、やがてその姿全体が銀色に輝くカーテンのうしろに消えていった。

テケナーは即座に指示した。

「タラス、いまだ！　セレステが警告者をシミュレーションした。全員をとりおさえ、発信源に急げ！」

テケナーがい終わらないうちに、予想外のことが起こった。電子音を使った観客の反応でわかる。それはレベル三からしだいに強くなっていった。

「ああ！」

「おお！」

「なんてこと！」

セレステ自身もこの変化に驚いている……次のスリの言葉を裏づけるように。

「マラニタレスは不意打ちされたのよ」

銀色に輝く姿が消えていき、その姿に多数の妨害映像が重なった。まるで、第二の送信者がべつのプロジェクションに切り替えようとしているかのようだ。

「タラス！　妨害放送局を探しだせ。発信源を突きとめるんだ」

「追っているんですが、捕獲インパルスでキャッチできません」タラス・プーカは興奮していた。「この発信源は公共ネットワークの外にある！」

「録画しろ！」と、テケナーは命じた。「この映像はのこしておかなければ。なんらかの情報が得られるはずだから」

警告者のシミュレーションに最初に重なったのは、白い髪を豊かにカールした巨大な顔だ。仮面のように見える。女の顔だが、まったく表情がない。

あれは生体マスクだ！　髪はどう見てもかつらだろう。

マスクの唇が動いたが、声は聞こえなかった。

「なにか感情を感じるか、スリ？」と、テケナーはたずねた。

「いいえ、わたしが感じるのはセレステの感情振動だけ。理性を失いかけてるわ」

「それなら、助けてやれ！」

スリはシミュレーターの前のセレステに意識を集中しながら、あらたな仮面プロジェクションが重なるのを見ていた。これで三つのホログラムが重なった。三つめの仮面は疲れはててゆがんだ男の顔で、ぎざぎざの三日月形のかぶり物を頭にのせている。

スリはこの映像を意識から消し去って、もっとセレステ・マラニタレスの感情にシンクロしようとした。セレステの気持ちは混乱し、自分のなかの矛盾におちいって身動きできないと感じている。

最初、おちつかせようとするスリのインパルスをセレステは拒んだ。未知の介入はふだんから拒んでいるのだ。だが、このインパルスが自分をなだめようとしていることに気づくと、されるがままになった。

「セレステ！　セレステ！」わめき声が響きわたり、かつらをつけた仮面プロジェクションがこの場を支配した。「機密漏洩《ろうえい》よ。あなたは守秘義務をおかしただけでなく、みずから課した忘却の決まりも破った。それを守って、もう黙りなさい！」

仮面の顔が縮まり、からだが見えてきた。警告者プロジェクションは完全に消滅し、女の隣りにぎざぎざの赤い三日月帽をかぶった男のホログラムがあらわれる。ふたつのからだがひとつになってくるくる踊り、そのダンスの輪がどんどん大きくなっていく。

「セレステを悪循環から救いだしたわ」スリは苦しそうにあえいだ。「重篤《じゅうとく》なダメージを受けてないか心配だけれど」

テケナーはうなずきつつ、ホログラムの熱狂的な踊りの渦を見ていた。

「シミュレーターはまだ動いているか、タラス?」アームバンド装置でたずねた。

「スイッチを切ってもよかったのですが、そうすると……」そこでハンザ・スペシャリストは、「捕獲インパルスがとだえてしまいました! 障害原因を突きとめます」

「すぐにやれ。とにかく急げ!」と、テケナーは命じた。

「あら」驚いてスリはいった。「突然どうしたの、感情的になって!」

テケナーがいい返そうとしたとき、急に未知者のホログラムが消えた。すべてのスピーカーから長く甲高《かんだか》い叫び声が響きわたり、だんだんとちいさくなっていく。

〝われらの中空世界〟はぎょっとするほどしずまりかえった。

「テク」アームバンドからタラス・プーカのささやく声がした。「われわれがべつの放送源を特定する前に、クラブ会長がシミュレーターをオフにしたようです、残念ながら」

テケナーは悪態を心におさめてこういった。

「じゃ、せめてそれがなにを意味するのかいえるか？　だれかがマラニタレスの口を封じそこねたのは明らかだが、どうやったのかがわからない」

「可能性として考えられることがひとつあります」

「なんだ？」

「スウィンガーです」

「聞いたこともないが」

「ご存じなくて当然ですよ。あなたが地球にいないときの話です。プシ・トラストが活動したあとになにが起こったか、想像もできないでしょう」プーカはつづけた。「スウィンガーたちは特殊な装置を使って電磁波を、とくにメディア関連の周波を利用し、精神をトリップさせるんです。そのとき、先ほどのような現象が起こるわけですが」

「それだけじゃなさそうだな」テケナーは驚いた。

「肝心なのはここからです、テク」プーカはすこし間をおいた。「いままで時間がなかったが、ようやく報告できます。われわれ、パトリシア・コルメトがスウィンガー・クラブに入会していることを突きとめました」

7

ジュリアン・ティフラーの執務室には三人の男がいた。スチールヤードからテラニアにきたホーマー・G・アダムスが、まずガルブレイス・デイトンに声をかけたのだ。レジナルド・ブルのことも呼びだしたところ、かれは宇宙空間を偵察中だった。

「カッツェンカットのことでわたしを呼ぶつもりなら、地球にはもどらない」緊急呼び出しに対するその返答に、アダムスはブリーの責任意識を疑った。かれはそもそもハンザ・スポークスマンにふさわしいのだろうか。

「そんなこと、本人にはいわないでくださいね」ガルブレイス・デイトンはたしなめた。「ブリーならそのポストをさっさとあなたに譲りわたすでしょう。そうでなくても職務に疲れているようですから」

三人が本題に入る前に、ストロンカー・キーンがあらわれた。前衛騎兵のリーダーとして二万本のヴィールス柱のヴィーロチップを管理しており、ヴィールス・インペリウムとの仲介者でもある。かれは単刀直入、首席テラナーに向かってこういった。

「二万人ぶんの雇用を確保していただけないでしょうか、ティフ?」

「前衛騎兵がストライキでもするのか?」ティフラーは問い返した。「本気でいっているとは思えないが」

「本気です」キーンは断言した。「われわれ、早晩ヴィールス・インペリウムに追放されるかもしれません。ヴィールス・インペリウムは変わってしまった。いまも変わりつづけています。部外者に説明するのはむずかしいですが、われわれ前衛騎兵はそう感じています。なにかが進行中であると、全員の意見が一致しています」

「そんな波瀾に富んだ結末を本当に信じているのか?」デイトンは信じがたいようだ。

キーンは大きくうなずいた。

「そのことはヴィシュナとゲシールも感じています。ヴィールス・インペリウムはふたりとも疎遠になってしまったのです。なんらかの決断をくだしたか、それとも計画をたてているか。コスモクラートの意志に反してそれを実現するつもりです」

「ヴィールス・インペリウムが正常ではないと?」デイトンは不安げだった。「つまり、無限アルマダのコース計算が間違っている可能性があるのだろうか?」

「それは絶対にない」ホーマー・G・アダムスがキーンにかわって答えた。「ネーサンが計算を確認した。ヴィールス・インペリウムと共同作業もしていたからな。それにはなにやかやで前衛騎兵も関わっている」

「コースデータは正常です」キーンも保証した。「ですが、この仕事は、いわばヴィールス・インペリウムの引退興行になるかもしれません」

「それで、われわれになにをしてほしいんだ、ストロンカー？」ティフラーが訊いた。

「二万人ぶんの雇用確保ですよ」ストロンカーはにんまりしたが、すぐに真顔になった。

「とにかく、報告にきただけです。もうひとつあります。三つの究極の謎について、さまざまなサイドからヴィールス・インペリウムに何度も質問がきましたが、ご存じのように、それに対していままで一度も具体的な答えは出されませんでした。けれどもオルドバンの伝記から、物質の泉の彼岸のコスモクラートが太古以来すくなくとも最初のふたつの謎の答えを知っていたことはわかっています。それなのに、かれらが率先してヴィールス・インペリウムを再構成し、三つの謎に答えさせようとした。コスモクラートはローダンにも答えを見つけるようにといった。この明らかな矛盾について、これまでヴィールス・インペリウムからの説明はまったくありません。そしていまや、ヴィールス・インペリウム自身が物質の泉の彼岸の依頼人から、もはや情報をあたえられていないように見えるのです」

「ヴィールス・インペリウムは、第三の謎についてコスモクラートに答えることができたのだろうか？」と、ジュリアン・ティフラーが訊いた。

「それはわかりません」キーンは正直にいった。「だがおそらく、〝法〟に書かれていることも、だれが定めたのかも、コスモクラートは知らないと思います。その答えを見つけることが、たぶんヴィールス・インペリウムの存在根拠なのでしょう。もしかすると、理由はどうあれヴィールス・インペリウムにこの任務をまっとうする能力がないかもしれないし、われわれの制御がなくなったらどうふるまうのかもわかりません。わたしがいいたかったのはそれだけです」

四名はさらに数分、このこみいったテーマについて意見をかわしたが、満足のいく答えが見つからないまま、ストロンカー・キーンは出ていった。

「独特な男だな、あの前衛騎兵は」アダムスは首を振った。

「本題に入りましょう」ガルブレイス・デイトンがうながした。「時間をむだにしたくありません。テクが連絡してきたとき、その場にいたいので」

「きょうの話題はそれだよ」と、アダムスはいった。「テクは警告者の件で具体的な手がかりをつかんだのか？」

「狩りに熱中しているとき、かれが寡黙になることはご存じでしょう」と、デイトンは答えた。「わたしが知っているのは、当初から怪しんでいた例のハンザ・スポークスマン三名をまだ追っていることだけです。もしかしたら間違った手がかりをたどっているのかもしれませんが、そうともいえない。テクがこの件を引き受けてから警告者が影をひそめていることがその証拠でしょう」

「知っているのはそれだけか？」と、アダムスは問いただした。「わたしが食いさがるのには理由があるんだ。だからこそ、こうして集まってもらった」

「テクの話は漠然としていましたね」と、デイトンがいった。「どんなコードでも解読できて、ほしいデータをすべて手に入れる方法があるはずだというのです。それどころか、同じ方法でネーサンが制御しているすべてのシステムを操ることもできるはずだと。だが、そんなばかげたことがあるでしょうか。そんなにかんたんなら、とっくにカッツェンカットがテラの息の根をとめているはず」

「おそらくカッツェンカットはそれほどかんたんだと知らないのだろう。ここの状況をよくわかっていないから」アダムスはひどく心配そうだ。「それに、人間はよかれと思ってそうしたシステムを操ることもありうる」

「テクと似たようなことを考えているようですね、ホーマー」と、ティフラー。「そうなのですか？　それについて話したいので？」

「では、本題だ」アダムスはためらいがちに話しはじめた。「わたしは三人のハンザ・スポークスマンのいわば保証人だ。しかも、最初からかれらと緊密に協力して仕事をし、全幅《ぜんぷく》の信頼をおいている。その信頼が悪用されたとしたら、ショックは大きい」

「なにを見つけたか話してくれませんか？」デイトンはじりじりしている。

「最初は些細《ささい》なことだった」アダムスは要領を得ない。「規則違反とか、仕事を中断しているようだとか……」

「お願いですから、ホーマー！」デイトンが声を荒らげた。

「わかった、手短にいう。テクの疑いは正しかったようだ。例をひとつだけあげよう。ずいぶん前だが、わたしは宇宙ハンザの宣伝キャンペーンを計画していた。計画は却下されたが、データはネーサンに保存されたままになっていた。それを呼びだそうとしたところ、記憶バンクから消えていたのだ。だれがデータを持ち去ったのかも突きとめられなかった。ネーサンに情報がなかったから。データはさまざまなシミュレーション技術に関するもので、たとえば架空の映像をリアルにする方法などがふくまれる。当時わたしと共同作業していたのが、疑惑のハンザ・スポークスマン三人だった。同じような例はいくらでもあげられるが、時間をむだにしたくないからな」デイトンのコメントに皮肉で応酬すると、アダムスはつづけた。「テクに知らせるべきだろう」

「その内容をレポートに要約して転送してくれますか、ホーマー？」と、デイトン。

「テクがスウィンガーのところからもどったら、わたしから伝えます」

「スウィンガーとなにをしているんだ？」ティフラーが驚いた。その表情から、まずスウィンガーという言葉の意味を正しく理解していなかったようだ。デイトンは、首席テラナーが最新流行のカルチャーに疎《うと》いことをおもしろがった。

「テクは、スウィンガーたちが警告者かもしれないと考えているんです。すくなくともかれらの能力が関係していると。いままでわたしも、スウィンガーはたんなる周辺現象というか、奇人変人の類《たぐ》いだと思っていたのですが」

＊

なんてことかしら！

突然、よりどころがなくなったのだ。関連ポイントも現実との接点も、自分のからだすら失って、まさに虚無空間を浮遊していた。方向性を失った精神がだんだんと溶解しはじめた。

こんな経験には犠牲がつきものだ。

だけど、いま思うと、すべてそう悪くなかった。パトリシア・コルメトの顔には笑みさえ浮かんでいる。つくり笑いに見えたが、とてつもない安堵感のあらわれでもあった。四つんばいになって床にうずくまると、褐色に日焼けした鍛えられたからだを震わせた。感じていた寒さはおさまり、暖かさがもどってきた。あの虚無空間はどれほど寒かったか！　あれはマイナス宇宙の寒さにちがいない。スウィング冠が無造作に隣りに置かれている。かつらはぼさぼさ、生体マスクはずたずただった。不安とパニックにかられ、スウィング冠を頭から引き剝がしたのだ。

「ぶじだったね」モン・ダヴィルが声をかけた。「うまくいったよ。きみのことはわたしが気をつけていたし。わたしのことを指導者として信頼していいんだよ」

「本当になんの危険もないの？　それとも、わたしを安心させるためにそういっているだけ？」

「こういうトリップは数えきれないほどやったからね。受信機が急に切られるかもしれないことはいつだって見こんでいるのさ」と、モンは説明した。かれはまだ自分のとさか冠をかぶっていた。「さて、パトリシア、いったいきみはこのクラブでなにがしたいのかな。シミュレーターの創造物にのみこまれることの魅力はなんだ？　あと、機密漏洩とか守秘義務とかわけのわからないことをいってたけど、あれはなに？」

パトリシアは唇を噛み、そのからだがまたすこし震えはじめた。モンはそばにより、彼女のからだに腕をまわそうとした。パトリシアはその腕をすばやく振りほどくと、モンの手のとどかない距離まではなれた。

「信頼には信頼で応えるといっただろう！」モンは先ほどの言葉をくり返した。

パトリシアは自信なさげにうなずいた。

「わたし、ある種の激情にかられて行動したの」声はちいさかったが、はじめて自分の言葉で動機を語りだした。「わかっていたのは、セレステを阻止しなければならないということだけ。誤って大きな秘密を洩らしてしまわないように。でも、それがどんな秘密なのかは忘れてしまった。部分的記憶喪失よ、わかる？　もしかしたら自分で忘れるよう強要したのかもしれないけれど、わからない。時間がたてば記憶がもどるかもしれない。自分でもはっきりしないの。忘れてしまったから。わかっているのは、だれかがあとを追ってくるから身をかくさないといけないということだけ」

「わたしといっしょにいればいいよ……」

パトリシアははげしく首を振り、きっぱりといった。

「だめよ、だめ！　ここにかくれても、すぐに見つかるわ。どうやら、かれらはあなたのこともくわしく知っているみたいなの」

「いったいなにをやらかしたんだ？」と、モンは問いただした。「ハンザ・スポークスマンという地位を悪用したとか？」

パトリシアはまるで答えを探すように宙を見つめていたが、

「忘れてしまったわ。たぶん、そのほうがいいのよ。でも、逃げなければいけないことは、はっきりしてる。避難路を教えて、モン」

「スウィングしてハイになるってことか？」

「そうよ、そのつもり。スウィングで遠くへ行くの。だれも無理やり連れもどすことができないよう、完全に遠くへ」

「本気なのか」モンはしばらく思案してから、「もちろん、数日間か数週間トリップしつづけることはできるよ。でも、永久にもどってこられなくなる危険がある。からだは昏睡状態のままで、きみがどうなったかはだれにもわからない」

「それも悪くないわね」

「冗談をいっている場合じゃないぞ、パトリシア」

「本気よ。そんなトリップをしたいわ」熱を帯びて輝く瞳でパトリシアはモンを見つめた。「いますぐに！　追っ手がここへくる前に！」

「わたしには技術的手段がない」モンは残念そうにいうが、すでに彼女のアイデアに感化されていた。パトリシアといっしょならどこにでも行ける。なにが起ころうと、すくなくともひとりじゃない。永久にディジーランドでハイになるんだ！　「いっしょにクラブへ行こう。封鎖された部屋がひとつあって、そこに特殊プロジェクターが設置されている。かつてコリン・ベデロンが使った装置だ」この名前にパトリシアがどう反応するか見きわめようとしたが、なんの兆《きざ》しもあらわれなかった。「それでためしてみよう。だが、もうひとり連れていく必要がある。三人ならより安全だ」

「じゃ、すぐに行きましょう！」

＊

テケナーはこの件に携わって七十二時間もしないうちに、警告者がどうやって生まれたかという可能性をふたつ見つけていた。

最初の可能性は、セレステ・マラニタレスがホログラム・シミュレーターで見せてくれた。ありがたいことに、肝心の警告者の姿まで投影させて。変装用の銀色の衣服を着たバージョンとそうでないのと、両方が登場した。

警告者が虚構現象すなわち空想上の生物のシミュレーションにすぎないことは、これではっきりしたようだ。警告者みずからが、自分はたんなるアイデアの産物にすぎないと主張していなかったか？

あとは、いくつかのピースをパズルにはめこんでいけばいいだけだ。

警告者の存在を示唆《しさ》するふたつめの可能性はスウィンガーだ。この奇矯《ききょう》な者たちの話を聞いたとき、かれらはたんに電磁波に……なかでも各種周波のレーザービームに、身をまかせることを楽しんでいるだけだと認識していた。

だが、メディアの使用する周波に完全に入りこめると聞いたいま、スウィンガーたちが〝見る〟のは電磁パターンだけでなく、完成映像も対象ということになる。つまり、プロジェクションを現実のように体験できるのだ。さらに、器用なスウィンガーなら自分のマトリックスをつくり、それを電磁波の発生源つまり放送局に送りこんで、作動中の送受信ステーションならどこでも希望の場所に投影できるということ。

自分の映像を表示できるなら、虚構映像だって可能なはず。たとえば、警告者の映像だ。

警告者の存在につながるふたつの道は、帯に短したすきに長しだが、ふたつ合わせれば完全無欠だ。異銀河クラブでの華やかなショーのどれがスウィンガーのシミュレーションと関係するかを、テケナーは確信した。とるにたりないショーの失敗によってはじめて、このつながりが明るみに出たのだ。このようなショーが舞台の上でどれほどスムーズに進行していくか、テケナーは具体的に思い描くことができた。

あとたりないのは三つめの要素、つまり数十億の観客を前にした大空間でのショーを警告者がどうやって演じたかだ。それほどのスペクタクルは、すべてのメディアに影響力を持つネーサンが関わらないと無理だろう。地球規模のテラ・ヴィジョンを統制しているだけでなく、アルマダ・ショー・チャンネルを通じて遠くはなれた銀河系のかたすみまで制御しているのだから。

だが、メディア・テンダー《キッシュ》からだろうが、テラ・ヴィジョンの放送局からだろうが、ネーサンを外部から操ることは絶対できない。たしかに月の計算脳の巨大な丸天井空間には、銀河系全体のメディア・ネットワークに命令インパルスを送ることのできる充分な数のステーションがあるが、何重にも防御されている。保安ロックを破るには大勢の共犯者が必要だ。

テケナーは、メディア関連のあれこれにとりくみはじめたときにはもう、ひとりの操作でネーサンを操れる場所はたったひとつしかないことを見破っていた。

その場所とは、スチールヤードだ。

ハンザ・スポークスマンなら、ひとりでスチールヤードからネーサンを制御できる。そのなかの三人を、テケナーは疑っていた。ティモ・ポランテは鎖の一パーツにすぎず、たいした意味はない。警告者を創作したのは、たぶんセレステ・マラニタレスだ。そしてパトリシア・コルメトはこのふたりを支配している。

ポランテは警告者シンボルを入れ墨していたし、マラニタレスはアミュレットとして頸からさげていた。では、コルメトは？　おそらく、彼女こそ生ける警告者シンボル、いわば警告者の具象なのだろう。

スリが調べたところ、ポランテとマラニタレスが外部からの影響を受けていないのはほぼ確実。すくなくともこのふたりにはエレメントの十戒の特徴はあらわれていない。だが、コルメトがふたりに心理的圧力をかけている可能性は排除できなかった。彼女がふたりを自己催眠におちいらせて部分的記憶喪失にさせた可能性もある。いずれにせよ、ポランテもマラニタレスも、まるで自分から進んで記憶を抑圧したようだ。

パトリシア・コルメトについては、まだスリのエンパシーで探れていない。彼女がカッツェンカットに手なずけられた可能性は捨てきれないのだ。セト＝アポフィス工作員は前もって集められながらも、相応のインパルスを受けてはじめて活性化するようになっていたもの。自分がそんな工作員たちと同じような行動をするかもしれないなどとは、彼女は夢にも思っていないだろう。

だが、それはまったくの見当違いかもしれない。もうすぐはっきりするだろう。

テケナーは罠をしかけてハンザ・スポークスマンを捕らえようとしていた。

それにはとほうもない準備と最大限の秘密保持が必要だった。だが、パトリシア・コルメトが悪名高きスウィンガーのモン・ダヴィルといっしょに、やはり評判のよろしくないスウィンガー・クラブ〝ディジーランド〟に向かっているとタラス・プーカから報告を受けたとき、テケナーの準備はすでに終わっていた。

「この顔、どうだ?」そう訊きながら、テケナーはつるりとした顔をスリに向けた。

「なめらかで脂ぎっていて、まるでジゴロね」スリは不快そうに答えた。「その生体物質があとで剝がせるといいけど。よりによって移植なんかで変装しなくてもいいのに。それにわたし、この羽根衣装はもううんざりなの。すくなくともわたしに偽装はいらないわ。わたしがだれだか、わかる人はいないもの」

「きみをよろこばそうと思っただけだよ、スフィンクス」彼女をそう呼んだのははじめてだった。「さ、行こう。オフ・テラニアのお楽しみめがけて真っ逆さまに」

「わたしをひとりにするなんて、それも気にいらないわ」スリは最後にもう一度反抗的にいうと、突然テケナーにおおいかぶさり、乱暴にキスをした。

テケナーは彼女の腕を振りほどき、

「そんなことをしてもむだだ、ディジー・デイジー」と、鼻にかかった声でいった。

「ちゃんとマスクがあるからな！」

8

テラニアの歓楽街、オフ・テラニアは〝シティの地下室〟とも、たんに〝地下〟とも呼ばれ、いくつもの地区をまたいでひろがっている。だが生命の脈動を感じられる場所は、じつは地下だけとはかぎらなかった。

スリが聞いたところによると、オフ・テラニアは昨年に爆発的といえるほど急激に拡大していた。どこもかしこもオフ・テラニアになっている。シティの住民は並はずれた渇望を持ち、さまざまなタイプの気分転換を進化させて、これぞエンターテインメントというべき騒音のなかへと身を投じている。

クローン・メイセンハートが声高《こわだか》に宣告したとおり、ここに完璧なユートピアは見あたらなかった。完璧なもの、清潔なもの、合理的なものはひとつもない。あるのはむしろ大混乱だ。客引きばかりが通行人のうしろにぞろぞろ連なって、この世のものならぬ至福とか、とてつもない驚きとかを約束するのだが、客を引きとめられたためしがない。というのも、見かけはうわついた雰囲気のカオスにもかかわらず、政府の影がそこかしこに感じられるからだ。お楽しみにはコンピュータではかったような境界線が引かれているということ。

　オフ・テラニアで手に入らないものはないが、そもそも禁止されているものは最初から手に入らない。技術ユートピアの枝葉は肥大しながら地下にひろがったが、風紀を乱すことはなく、身体的健康や精神衛生に有害なものは皆無だ。すべてが、許可された限界ぎりぎりで合法だった。黙認されたものもあれば、最初は有害だとわからなかったものもある。すべてはネーサンが監視し、予測最終結果の平均値に調整した。ベンチマークの針が赤い危険範囲に入ってしまったり、すくなくとも赤のマークへとどくまでいくようなことは、どこかで起こっているかもしれないが。

　たとえば、スウィンガーだ。かれらは法に照らせば禁止行為をしているわけだが、だれも干渉しないし、黙認されている。スウィングは違法な娯楽だ。大勢が楽しんでいるホロ・トリップは中毒性があり、やりすぎると精神に異常をきたす恐れがある。ただし、最初これはたんなる理論的知見にすぎなかった。ネーサンが危険限界を非常に高く設定していたので、本来スウィンガーに危険がおよぶことはないと思われたのだ。

　現在すでにいくつかの事故が発生しているものの、スウィングが直接の原因だとは断定されていないため、ネーサンも警告を出さなかった。ところが、あるスウィンガーがタフンで昏睡状態になっている。名前はコリン・ベデロン。だが、かれの属するスウィンガー・クラブが証拠を隠滅したので、スウィングとの因果関係は闇に葬られた。ほかにも十人以上のスウィンガーがやはり精神に異常をきたし、タフンで治療を受けていた。そのうち四人はコリン・ベデロンと同じく〝ディジーランド・クラブ〟の会員だ。

スリはそのクラブに向かっていた。そこでテケナーと落ち合い、ふたりでパトリシア・コルメトの犯罪を証明しようというのだ。

スリは自分のなかに流れこんでくる感情を無視しようとした。一方で、テラニア市民がなぜこれほど強い体験意欲を持っているのか、知りたいとも思う。

さまざまな苦悩や試練を乗りこえてきた地球の住人は、本当なら安息を得たがるはずではないか。ポルレイター問題やロボット・ファミリーの脅威、グレイの回廊への落下やヴィシュナの七つの災《わざわ》いのことを思えば、テラナーは充分すぎるほどスリルを味わったのだから。しかし実際は反対で、沈思黙考にはいたらず、欲望が高まっている。

スリはレオの幼稚園を思いだした。あそこで〝テラ被害者〟と呼ばれていた子供たちが、彼女にとって唯一まともなテラナーだったように思える。ほかの人はすべて、支離滅裂で混乱し、なにかをもとめて同じ場所をぐるぐるまわっている印象だった。

すくなくとも、同じ印象をオフ・テラニアで受けた。ここで栄えているのは、テラナーの心にのこされたごくわずかな自意識をむさぼる怪物だ。人々に不安がはびこるなか、怪しげな娯楽でまぎらわすことで内面の空虚感を忘れさせる……すべて許容範囲のなかで。ここには法に反する者も、悪人も、犯罪者も、恥知らずな煽動家《せんどう》もいない。意識して法をおかす者など、だれひとりいなかった。だが、すべてが法で規制されているわけでもないし、なにがよくてなにが悪いのか、多くの者は区別を知らない。だれでもわかるような指針がないのだから。当然、孤独や名状しがたい恐れ、不眠、むなしさから逃れるための名案もない。からだにぽっかりあいた穴を、なにで埋めればいいのか？　それがオフ・テラ・テラニアではなんでも手に入る。あとからくる虚脱感からは逃れられないが、それが過ぎたら倍の量を使えばいいのだ。

「まったく、わたしの話を聞いてほしいわ、テク！」スリはそういいながら、近よってきた若者を無視した。その男はペリー・ローダンのマスクをつけ、〝クロノフォシル・テラのメンタル・プリント〟の発生源があると誘ってきて、地球がクロノフォシルとして活性化される前に触らせるとスリに約束したのだった。

こうした病弊を見せられたあとでは、テラナーたちが無限アルマダ到来を待ち望んでいることに驚きはない。テラナーにとりオルドバンの監視艦隊は、耐えられない現実を変えてくれるかもしれないという希望を託してしがみつく、一本の藁《わら》のようなものだ。クロノフォシル・テラの活性化は、大きな転換、新しい時代のはじまりをもたらしてくれる。宇宙ハンザがNGZ元年を定めたときのように。

それでも、テラナーがアルマディストをねたんだり、あるいはすくなくともかれらの自由をうらやんだりすることを、悪く解釈できるだろうか？　これほどしっかり守られた地球にいても、その安全がいかにたよりないか、テラナーたちは悟ったのだ。そして、さしだされたものに代価を支払う価値がどれほどあるのかと疑問を持ちはじめている。地球はその子供たちを養い、健康と長寿、豊かさとありあまる贅沢をあたえた。だが、その代償として母なる地球は、臍帯《さいたい》でつながった子供たちがいつの日かおのれの体内にもどることをもとめている。

こうして、依存と不確実性、あるいは不満と反抗という名の怪物が生まれたのだ。ひょっとしたら警告者が予言したように、怪物は具体的な姿を持つようになるかもしれない。

つまり、ティモ・ポランテ、セレステ・マラニタレス、パトリシア・コルメトがテラナーに警告者を送りこんできたのは、善意ゆえなのだろうか。

警告者のうしろに、本当にかれらがかくれているのか？

スリは自問した。そんなふうに思うのは、ひょっとしたらわたしがテラナーだから？　オフ・テラニアの濃密な感情世界に聞き耳をたてる。そこには、たがいに争う感情から生まれる怪物がいた。葛藤のなかにいて、相手を否定し、承認を得ようと競い合う者たち。情動の化け物は言語が操れず、おのれの思考を表現できないため、ただ叫ぶ。その声がシティに響きわたり、嘆きの音が、スリマヴォがたったいま考えたことをすべて伝えてきた。

スリは望んでもいないのに、突きあげ押しよせる大きな情動の大波を受けとったことを感じた。その感情を吸収し、手をくわえる。流れこんできた感覚がすべて合わさって思考の嵐となり、憂いの気持ちとともにスリのなかに満ちていった。

「とにかく、無限アルマダが到着しさえすれば万事うまくいくわ。タウレクがもうコースデータを持って向かったから」と、口ではいいながら、思考を送る。〈ヴィシュナ！ ゲシール！ わたしの叫びが聞こえなかった？ どうしてそばにいてくれないの〉

〈流れこんでくる影響を自分でなんとかするのは、あなたの成熟プロセスの一部だからよ〉

〝ディジーランド〟

その文字がアーチ門の上でこうこうと輝いている。それは、宇宙フェリーの軌道までとどくかと思えるほどの幻影を呼びさました。文字は流れて波となり、スリのほうに押しよせ、はねて頭上をこえていく。言葉をつくる文字が震え、絶え間なくかたちを変えてならびかわり、べつの言葉をつくりだしていた。

スリは正面入口を通り抜け、ひろびろとしたホールのホロドラマのなかにいた。天井から古めかしいクリスタルのシャンデリアがさがっている。ややひずんだロボット音声が、スリを現実に引きもどした。

「ディジーランドは会員制スウィンガー・クラブです。登録料は百ギャラクス、利用料金は週に二百ギャラクス。それに保証金が千ギャラクス必要です。この金額には技術設備使用料がふくまれます。特殊サービスは別料金になります。VIP会員の場合、合計金額は通常会員の三倍です。カードでお支払いいただけます」

スリはVIP会員を選んだ。お金の心配はない。テケナーから限度額十万ギャラクスのカードをわたされていたから。

＊

ディジーランドではテケナーはホガー・クレフと名乗っている。これまで一度も目立つふるまいをしていないので、仮面を見破られる心配はなかった。裁判官の帽子のようなスウィング冠だけはオリジナルだが、冠に合わせて剃髪すらしていない。やむをえない場合はスウィングしなくていいといわれたので。

クラブに着くとタラス・プーカが、パトリシア・コルメトとモン・ダヴィルがもうきていると報告した。テケナーはすべての部屋を三回は探しまわったが、ふたりはどこにもいない。秘密の部屋があるにちがいなかった。それについては、自称・支配人のホルスト・ランタが適切なタイミングで情報をよこしてくるだろう。だが、テケナーはとりあえずスリがくるのを待った。プーカをふくめたハンザ・スペシャリスト十名はすでに持ち場についている。

ホルスト・ランタは仕事熱心なふりをして客から客へと要望を訊いてまわり、忙しそうにしている。だがテケナーは、それが見かけだけであることを知っていた。ランタは社長兼所有者であり、コンピュータのダミー会社をかくれみのにしている。サービスロボットを指揮し、その合間に監視システムも制御していた。どっぷりスウィング漬けになるために、自分専用のホロ・プロジェクターをどこかにかくしているにちがいない。表向きはなんの興味もないという顔をしているが。

テケナーがバアで席に着いたそのとき、スリが到着した。派手なメーキャップも人目を引かない。ディジーランドの会員はみな異性に興味がないのだ。パートナー・トリップがしたいときは、自分のディジー・デイジーといっしょに行くか、ランタにだれかを仲介してもらうことになっている。

「はじめてきたのかい？」テケナーはスリに話しかけながら、彼女の背後に自称・支配人のランタがあらわれたのに気づいた。「きみになら、スウィングの秘密を打ち明けてしまいそうだ」

「ちょうどオフ・テラニアをエモシオ・トリップしてきたところよ。それだけで充分スリルだったわ。せっかくだから、冷たい飲み物をいただこうかしら」スリは答えた。それから声を落として、「この男、なんか不気味よ、テク。どうも怪しいの……」

「ホルスト、できたてほやほやのわたしのデイジーに、入会祝いの飲み物はなにがおすすめかな？」テケナーはクラブ支配人に声をかけた。

「ベデロン・スペシャルはいかがでしょう」支配人は急いでカウンターの向こうに入り、ふたりぶん飲み物を用意した。スリはランタの言葉にはっとしたようで、おちつかず不安な顔をした。ランタは黄色く粘り気のある液体を満たしたグラスをふたつ置くと、こういった。「お久しぶりですね、ホガー。もうやめたのかと思っていましたが」

「再開したんだ」テケナーは口をゆがめてにやりとした。生体マスクが引きつれて破れそうだ。「これから本格的にはじめるんだよ。まずは……」

「この飲み物はどうしてベデロン・スペシャルっていう名前なの？」スリがひと口飲んで割りこんだ。「ひどい味だわ」

「最初のひと口だけです」ランタはやさしくほほえんだ。「ふた口めからは完全にくらくらしますよ……」

「名前の意味は？」スリはランタをさえぎった。「なぜベデロンなの？」

「偉大なスウィンガーを記念して」と、ランタは物思いにふけりながら答えた。「もしかしたら、もっとも偉大だったかもしれません。でも、名声が絶頂に達する前にたちの悪い病気にかかってしまい、いまは昏睡状態のままタフンにいます。クラブなりのやり方で、かれに敬意を表しているのです」

「この噓つき！」テケナーも同じくらい驚いていた。ランタはあっけにとられてスリをじっと見つめる。コリン・ベデロンが昏睡状態にあることはたしかなのに、どういうつもりでランタを噓つきだととがめるのか。

「どういうことです、ちっちゃなデイジー？」ランタがようやく声を出した。「ベデロン・スペシャルがお口に合わないなら、置いといてください。サービスでさしあげた飲み物ですから。でも、これだけはいわせてもらいます。VIPカードをお持ちでも、いっていいことと悪いことがある」

スリはかれをにらんだが、その目には奇妙な感情が浮かんでいた。それがなにを意味するか、テケナーは知っていたので、スリのしたいようにさせておいた。

「ベデロン、ベデロン、ベデロン」小声ながら、スリの語気は強かった。「この名前はあなたのなかで、不思議なリズムでスウィングしてる。でも、タフンのことを考えているわけじゃない。あなたはそんな遠くにはなんの感情も持っていない。つねにこのクラブのことだけ考えているのよ、コリン・ベデロン！　ホルスト・ランタ！」

スリはさっと身を引いて背を向けた。クラブ支配人は棒立ちになり、その顔にはわけがわからないと書かれている。

「本当のことよ」そういってスリはテケナーを見た。「永遠のディジーランドに旅だったのはコリン・ベデロンじゃない。ベデロンは目の前にいて、ほんもののホルスト・ランタがタフンで昏睡している」スリはすばやく自称・クラブ支配人のほうに向いた。「あなたはホルスト・ランタに同情なんかしちゃいない。そのかわりコリン・ベデロンのことは賞讃している。かれに夢中だから。それが自己陶酔だとわかったのは、あなたの心の奥深くまで入りこんだからよ。ナルシスト！」

「わからないな」スリがコリン・ベデロンと呼ぶ男は言葉に詰まりながらつづけた。「どうしたらきみにそんなことができるんだ？」

しつこく迫られている支配人に味方するために、クラブの会員が数人、なにごとかと集まってきた。だが、騒ぎになる前にテケナーがとめた。アームバンド装置でプーカに、決めておいたキイワードを告げて介入を命じる。このような騒ぎを起こしたくなかったとはいえ、スリをとがめはしなかった。いずれにしても不意打ちに成功したのだから。

ハンザ・スペシャリスト二名がバアに飛びこんできて、クラブ会員たちを部屋から追いだした。クラブ支配人がばかな考えを起こさないよう、操作センターはプーカが掌握《しょうあく》している。

「わたしは……そんなつもりじゃなかったんだ」コリン・ベデロンはスリマヴォの射るような視線にしどろもどろになって、「あれは事故だ。だれかを故意に永遠のトリップに送るつもりはなかった。ランタはわたしのパートナーで……兄弟のようだったのに。

事故が起こったとき、わたしは状況が許すかぎり最善をつくして、ディジーランドを救おうとした……」

「で、こんどはだれを永遠のトリップに送ろうとしているの？」スリマヴォは怒りに燃えていた。「パトリシア・コルメト？　モン・ダヴィル？　三人めはだれ？」

「ボンバート・トレンクだ」ベデロンが聞きとれないほどかぼそい声で答えた。「わたしの正体を知ったボンに、大がかりなトリップをさせろと脅されて」

「どこだ？」テケナーが訊いた。ベデロンは返事をためらった。「プロジェクターはどこにある？　それを警告者の放送に使っただろう」

　ベデロンはヒステリックに笑いだした。

「わたしが警告者だって？　こりゃいいや！　ついてきてくれれば、わたし専用のダンスフロアをお見せしますよ」それから甲高く笑った。「わたしが警告者とは！」

「かれは警告者じゃないわ」スリがテケナーにささやいた。「真実を話している。ランタのことは本当に事故だった。かれにはエモシオ・ブロックがあったから、そんな犯罪を故意におかすことはできなかったはず。でも、もうひとつべつのスウィング事故を防ごうとしていないのは、ひどくない？」

＊

パトリシアはからだを生命維持システムにつながれ、ほぼ仮死状態で横たわっていた。彼女は自分自身のからだとほかのふたりのからだを、ホロ・プロジェクターから眺めている。それは不格好な、まったくの即席でつくったような装置で、なかの回路や配線がむきだしだった……素人が設計したみたいに。

パトリシアは、精神が肉体をはなれることで、まるで自分が純粋な精神存在になって不死を手に入れたように感じた。本当にうまくいったのか一瞬疑ったが、そんな考えは打ち消した。ただ逃げるだけだから、絶対に大丈夫。あらゆるもめごとから逃避するため、ハイになるだけよ。

ボンとモンがそばにいた。ふたりはほぼ彼女の一部だった。実際は精神的共生関係にまではいたらないが、三人とも同じ波長にいて、たがいの心理リズムを一致させている。「それでいい」と、モンがいった。その声は音ではない。思考を電磁波に変換し、インパルスとしてパートナーふたりに送ったのだ。言葉が読めるということ！「三人のリズムが一致したから、もう出発できる」

「どこへ？」と、パトリシアが訊く。

「どこでもいいさ」ボンバート・トレンクがじれったそうにいった。「ここから出ていければ。テラや太陽系から遠くはなれるんだ。だれも見たことのないディジーランドへ行こう。わたしはもどる気はないよ」

「あわてちゃだめよ、ぼうや」パトリシアはいさめた。「まずは数日、姿をくらますだけで充分だから」

「この経路から太陽系を出よう」モン・ダヴィルはそういうと、強力なレーザー流を操った。「これはイーストサイドへの道だ。そこまで行けたら、もうどこへでも行ける交差点がたくさんある」

パトリシアはエネルギー流に身をまかせた。ビームの原始形はレーザーだが、スウィンガーの搬送体としては単調で退屈だということに、以前のトリップで気づいていた。コヒーレント光がいわば〝デコード〟されてようやく、驚くほどの効果があがるのだ。スウィンガーをハイにするだけでなく、自己放棄にいたらしめるほどの効果が。

思ったとおり、このトリップはとうぶんのあいだ退屈だった。

「ランタの秘密をどうやって知ったんだ、ボン?」と、モンがたずねた。「かれがコリン・ベデロンだということをどうやって探りだした？　まだ信じられないよ。ベデロンが生きていて、ランタがタフンで昏睡状態だなんて！」

「ベデロンが事故のいきさつをホログラムで保存しておいたのさ」ボンバート・トレンクは答えた。「こっそりあの偽善者のあとをつけて、かれが何度もホログラムを見るところを目撃した。かれ、罪悪感を拭いきれず、自分に罪がないという証拠を見つけるために、事故のホログラムをくり返し見たんだろう。ほとんど病的だったね」

「だからきみはあんなに自信たっぷりで、いつかきっとハイになってやると自慢していたんだな」モンはようやく状況がのみこめたようだ。

「それがこれから実現するのさ！」ボンバートは勝ち誇ったように叫んだ。

「このトリップは数日だけよ」思いださせるようにパトリシアはいった。トリップが長くなればなるほど、おちつかなくなるだろう。だいたい、この旅に終わりはあるのだろうか？　そもそもどこへ向かっているのか？　突然、自分のからだが恋しくなった。どうやらその気持ちがインパルスで伝わったようだ。若いボンバートが返事した。

「だめだよ、ディジー・デイジー！　まだトリップをはじめたばかりだろう。不安の境界をこえてはじめて、人生でこれほど自由で解放されたことはないと感じられる」

パトリシアにはそう思えなかった。突然、この冒険にくわわったことへの後悔が押しよせてくる。ほかのふたりみたいに熱狂的なスウィンガーでも、肉体のないトリップに中毒しているわけでもない。それどころか、現実とのつながりがないことが不安だった。寒くてしかたない。またもマイナス宇宙が思い浮かんだ。もうどのくらいトリップしているのだろう？

「わたし、もどりたい！」突然の決心をインパルスで送った。

「われわれのデイジーが安心するように、まずは方向を決めよう」ボンバートが決意した。「注意して、ふたりとも。はなれないでくっついて。わたしのいいたいことがわかったら、手をつなぐんだ」

パトリシアはふたりが接近してくるのを感じて心強くなり、安堵した。本当をいうと、ふたりの精神が融合してくるのが苦しい。でも、ひとりで単調さに埋もれているよりはましだ。寒さは消えた。すばやく連続する位相跳躍によって同位相のエネルギー流がほどけていき、パターンが徐々に変化する。

「あそこに強力な受信機がある」と、モンが告げた。「なかへ入ってようすを見てみよう。どきどきするな……」

モンの言葉がとぎれた。三人はレーザー流からはなれると、シャープなホログラム映像を受信した。

「ちくしょう！」ボンバートが思わず悪態をついた。「こんなはずはない」

パトリシアは不格好なホロ・プロジェクターと、見苦しい異物のようにあらゆる場所に固定されている付属機器を見つめた。むきだしの複雑な内部構造を見……それから、三つのからだを見つけた。生命維持システムにつながれ、遺体のように安置されている

パトリシア・コルメト、モン・ダヴィル、ボンバート・トレンク……

パトリシアが叫ぶと、混沌としたホログラムが部屋に浮かびあがった。幽霊めいた影が、捕まえられた肉食獣のように必死で駆けまわっている。逃げようとしても逃げられずに。

「コリン・ベデロンがわれわれを周回旅行に送りだしたんだ」モンは怒りだした。「つねに循環するようにしくんだということ……つまり、われわれは二度と自分のからだにもどれない」

「あの悪党め！　見さげはてたやつ！」ボンバートはパトリシアよりさらにすごい金切り声でわめくと、「そうはさせるか！　絶対もどってやる！　逃げ道を見つけよう。それから永遠にハイになるんだ」

「いやよ！」パトリシアが叫んだ。もうこれ以上はごめんだった。抑圧していた記憶とつながりが、いくらかもどってきたのだ。自分で自分に罪をかぶせたことを、しだいに思いだす。どうしても自分の責任にする必要があったのだった。

ドアが開き、自称・クラブ支配人のホルスト・ランタことコリン・ベデロンが入ってきた。そのうしろに、けばけばしい格好のティーンエイジャーと、すべすべして手入れのいきとどいた顔の大男がいる。

その男は影のようなホログラムの混乱を見て、奇妙な動作をした。顔に爪を立てると、肉に食いこませて上から下まで筋をつけたのだ。けれども傷から血の吹き出るようすはない。肉の断片が顔からぶらさがり、断片がすべてとり去られると、下からあばたのある顔があらわれた。

「ロナルド・テケナー！」パトリシアが叫んだ。

テケナーはそこらじゅうにうごめいているプロジェクションを目で追った。

「パトリシア、もどってこい！」テケナーの声がパトリシアにとどいた。「こんなかたちで責任をとろうとしても、なんの解決にもならない」

パトリシアが返事をしようとしたとき、部屋は虚無に消えて、レーザー流の単調さのなかにのみこまれた。

「捕まるもんか！」と、ボンバート・トレンク。

「われわれが力を合わせたら、この悪循環から抜けだせる」と、モンも同意した。

パトリシアは男ふたりにあらがったが、逃れることはできない。そこへ警告インパルスがひとつ送られてきた。その意味をスピーカーが翻訳した。

「ばかなまねはやめて、全員もどってこい。わたしはきみたちを保護するためにこのバリケードをつけたんだ。きみたちがホルスト・ランタと同じ目にあわないように！」コリン・デベロンだ。

「消え失せろ、コリン！」ボンはどなりつけた。「だれもわれわれをとめることはできない！」

パトリシアは警告インパルスが消えたことに気づいた。男ふたりといっしょに、ふたたびレーザー流のなかにいた。

パトリシアはふたりに抵抗することも、ふたりを改心させることもあきらめた。かれらは耳を貸さないし、バリケードを破って未知のディジーランドへ行き、永久にそこにとどまるという考えにとりつかれている。

＊

けれども、脱出は失敗つづきで、二度もトリップ出口にもどった。一度めはテケナーがまたしてもパトリシアに呼びかけ、彼女のほうももうふたりの支配から逃れていることをそれとなくにおわせた。二度めは三人のからだの横に、もうひとつのからだが置かれていることに気づく。それは、派手な身なりのほっそりした少女のからだだった。それ以外のことはわからなかった。ふたりにふたたび連れ去られたから。

「やってみせるさ！」

「とんだお笑いぐさだ！」

パトリシアはもう、自分がどこへ連れていかれるのかわからなかった。目眩がしておさまらない。またしても心に寒さが忍びこんできていた。

「パトリシア！　パトリシア・コルメト！」

そのインパルスは非常に鋭くてはっきりしていた。強く心に訴えかけてくる。

「パトリシア、聞こえる？　わたしはスリマヴォ、ヴィシュナの具象よ。返事して。あなたを助けたいの」

「スリマヴォ……」

パトリシアがそちらへ引きこまれそうになると、近くにいる男ふたりの気配がふたたび強まった。

「突破するぞ！」モン・ダヴィルは強気だった。「隙間を見つけた。もうそこだ」

一瞬、単調なレーザー流があたりを照らした。パトリシアは突然、自分がテラのある家庭にいることに気がついた。一夫婦とちいさな男の子の目がこちらに注がれている。かれらの顔に突然、信じられないという驚きが浮かんだ。

「妨害電波だ」と、夫がいった。「嘘だろう、また警告者か……」

「今回は警告者としてきたのではありません」パトリシアは急いでいった。「助けてほしいんです……」

けれどもそのシーンはふたたび消えてしまい、不本意な地獄旅行がつづいた。

「パトリシア！」

「突破するぞ！」

「スリマヴォ！　助けて！」

パトリシアはバリケードの存在を精神で感じた。だが同時に、それが男ふたりの努力でゆるみはじめたこともわかった。

「いまだ！」

モンとボンバートが成功し、バリケードは消え去った。なにかがパトリシアをつかんで連れ去ろうとする。彼女はそれに逆らった。そこへ突然、男ふたりに対抗する第二の力があらわれた。しばらくのあいだ争いがくりひろげられる。だが、勝ち目はないことにモンとボンバートが気づくと、戦いはすぐさま終わった。

「おさらばだ……永遠に！」

パトリシアはひとりのこされたが、すぐにスリマヴォの気配を強く感じた。

「わたしといっしょにもどりましょう、パトリシア」

ようやくパトリシアは安堵の息をつき、みずからスリマヴォについていった。近くでその温かみを感じられるのがうれしい。スウィンガーの異様な世界から自分のからだにもどってやっと安心し、救われたと思った。疲れを感じ、脈拍が打ちはじめ、肉体の感情がもどってくる。それは彼女の人生でもっともすばらしいことだった。これほどの至福を感じたことがこれまであったかも思いだせなかった。

目を開けると、自分をのぞきこんでいるロナルド・テケナーの顔が見えた。

「わたしは警告者です」彼女は開口一番そういった。自分の言葉を心のなかに響かせてから、つづけた。「セレステとティモも警告者です。わたしたち三人は交替制で役目をはたしていました。その手がかりをテク、あなたにつかまれたとき、わたしたちは記憶を一時的に消そうと決めたんです。でも、うまくいかなかった」

「なぜだ？」テケナーは理由が知りたかった。

「なぜ警告者をつくったかということですか？」パトリシアは訊き返し、テケナーがうなずくのを見て、説明をはじめた。「メイセンハートのアイデアでした。わたしたちもテラナーを目ざめさせたかった。よかれと思ってやったのです、信じてください。でも、かえってやぶへびではないかと心配でした。ともあれ、もう終わりました」

「なんらかの余波があるかもしれない」と、テケナー。

「わたしはこうなると知っていました、テク」パトリシアはベッドの上から、左右に横たわるモン・ダヴィルとボンバート・トレンクの動かないからだを見た。スリマヴォは四つめのベッドから身を起こしたところで、顔には落胆が浮かんでいる。「ボンとモンにチャンスはあるのでしょうか？」

テケナーは首を横に振った。

「ふたりのからだは看護のためにタフンに送る必要がある。だが、もうスウィングの犠牲者が出ることはない。ディジーランドは閉鎖する」

パトリシア・コルメトは目を閉じて物思いに沈んだ。疲れていたし、眠りたかった。自分がこれからどうなるのかも、いまはどうでもいい。ただ心の平安がほしかった。

＊

ホーマー・G・アダムスは調査を終え、最終報告書を作成させた。ロナルド・テケナーとスリマヴォだけが話し合いに呼びだされた。警告者の件の、いわば事後処理だ。

「みごとに解決してくれたな」ホーマーは満足そうだった。「きみたちはすばらしいチームだ。引きつづき共同作業してもらいたい。ほかのだれも、この件をこれほどすばやく解決できなかっただろう」

「このままテクといっしょにいるのは、願ってもないことよ」そういってからスリマヴォは生意気につけくわえた。「でも、テクはジェニーひと筋よね。四百二十八年間、ほかの女に目うつりしたことがないそうだから。ま、自己申告だけど」

アダムスは笑ったが、すぐに真顔になった。

「本当に感謝する。最初のうちは半信半疑で、申しわけなかった。自分と親しい三名の協力者があのように悪用されてしまうとは思いもよらなかった」

「善意から出たことです」と、テケナーはいった。「かれらがなんらかの影響を受けていたというのはなかったのですか？」

「いやいや」アダムスはなだめるように、「外部から強制されたわけでないことははっきりしている。かれらは自由意志で行動したのだ。それでも、情状酌量はしない。ネーサンを自分たちの目的のために悪用するなど、許されないことだから。さらにまずいのは、かれらが一時的とはいえ、テラナーたちの気分に悪影響をあたえたことだ。職務から追放する以外に方法はなかった。かれらはもうハンザ・スポークスマンではない」

「ずいぶんきびしいのね」と、スリマヴォ。

「そうするほかなかろう」アダムスはテケナーの硬い表情を読みとろうとした。「どうした、テク？　なにかいいたそうだな。なにが気にかかるんだ？　いってくれ」

「もうなにもありません」と、テケナーは口を開いた。「ただ、もう一度だけ三人と話がしたいのです」

「それはなかなかむずかしいと思う。かれらは最後の挨拶にきたあと、出ていった。どこにいるのかは知らない。きみがどうしてもというなら、探させることもできるが」

「その必要はありません」テケナーは断った。「この件は終わったとあなたがいうなら、それで充分です、ホーマー」

「セレステとパトリシアとティモは徹底的に調べたが、警告者の背後にはなんの陰謀もなかった。それが最終結果だ。今後、もう警告者の放送はない」

「それをたしかめたかったんです。わたしのほうでもこの件は完了ですな」

テケナーがいとまを告げようとしたとき、突然レジナルド・ブルからホーマーに連絡が入った。

「教えてくれ、ホーマー。いったいどんなコースデータをペリーに送ったんだ？」ブルは前置きなしで話しだした。「とんでもない代物だったにちがいない」

「どうして？」アダムスは驚いた。

「ペリーの問い合わせをなにも聞いていないのか？」ブリーはにやにやしている。「いましがたペリーがイーストサイドからハイパー通信で、ヴィールス・インペリウムとネーサンの精神状態が心配だといってきた。あんなおかしなコースは、どこか狂っているとでも考えないと理解できないそうだ」

「わたしも正確なコースは知らないんだが」アダムスは急に不安そうに、「調べてみよう」

話が終わると、かれはすぐにネーサンに連絡し、単刀直入に質問した。

〝無限アルマダのコース計算は合っているのか？〟

ネーサンの返答も簡潔で的確だった。

〝無限アルマダが太陽系に向かうコースはこれ以外にありません〟

テケナーとスリマヴォはその後の進展を見とどけることなく部屋を出た。アダムスの執務室をはなれたとき、スリマヴォが訊いた。

「なにを考えこんでいるの、テク？　あなたは自分の感情世界をわたしから見えないようにおおいかくしているけれど、なにかにとりくんでいることはわかるわ。警告者に関係すること？」

「そうだ」テケナーは同意した。「どうもしっくりこない。ことがスムーズに運びすぎだと思う。こんなにあっさり解決するとは」

「わたしも同じように感じてた」スリマヴォも本音を口にした。「解任されたハンザ・スポークスマン三人のこと、調べたいわ。こんなにあっけなく姿を消すなんて、おかしいと思わない？」

テケナーはしばらく無言だったが、ようやく口を開いた。

「本来なら、ホーマーのいったことで充分なのだが。もう警告者が二度とあらわれないなら、この事件は終わったとみなせるだろう」

スリマヴォはテケナーと腕を組み、挑発するように見つめた。

「だったら、まだわたしを手ばなしちゃだめよ」そういうと、まつげを蝶の羽のようにしばたたいた。

エピローグ

……見よ！　わたしはもどってきた。きみたちに未来予知劇『そしてすべての星々が消える』の次の幕をお見せしよう。

まどろんでいるところを驚かせたか？　予想外にわたしが復活したので驚いたか？　そうかんたんにわたしを厄介ばらいすることはできない。わたしは死んでいない。なぜなら、わたしがかたちにしたような本質的で観念的な価値はなくならないから。

見よ、わたしがきみたちにもたらしたものを！　わたしの運命オルガンを聞き、そこから流れる近未来の絵を見るのだ。

堂々めぐりはやめて、とまれ。そして、聞け。

警告者は告げる。だんだん縮んでいく円の上を無分別にいつも同じ調子で進むな、と。なぜなら、きみたちはいつかこの無限スパイラルの死の点に到達し、そこにとどまるしかなくなるからだ。

きみたちは袋小路にいる。顔をあげて、その道がこれ以上進めないことをたしかめろ。きみたちは壁に向かって走っている。そうなれば、その場所へ行くしかない。

袋小路に入るな。この先にあるのは苦悶だけだ。曲がりくねった道には進むな。その先にあるのは堂々めぐりだ。無限スパイラルは、きみたちを先に進ませない。何度でもスタート地点に連れもどし、しまいには死の点に連れていく。それは停止、停滞、静止を意味する。

それがきみたちの望みか？

ノーだ！　もう一度いおう。ノー！　そんなのはいやだろう。だが、どんな逃げ道があるのか？　運命オルガンに訊いてみよう。

見よ、見よ！　聞け、聞け！

きみたちのために、第三の道という歌を演奏しよう。メインストリートは袋小路だ。それを見抜け。頭を壁にぶつけるな、引き返せ。堂々めぐりはやめろ。その道も前には進めない。

しめされたメインストリートでは目的地に行くことができない。だったら、第三の道を探すのだ。それが目立たない横道でも、危険がいっぱいの荒野を抜けていく、ほとんどだれも通らないような小道でも……そこを進め！

警告者はきみたちのために運命オルガンで伴奏する。

この真剣な警告を聞き流すな。殻に閉じこもるな。目と精神を開き、見るのだ。第三の道のシンボルをきみたちに授けよう。その力を自分のなかに入れて、精神の深いところに働きかけろ。

自由になり、解きはなたれるのだ。そして、油断するな。

よくよく注意して、こちらを見るのだ。ふたたびやってきたのは……

海賊放送局アケローン
つねに時代の一歩先を行く
アケローンがおとどけする
警告者の正しい道
警告者につづいて認識の道を進もう
第三の道を！

警告者を追え！

ペーター・グリーゼ

プロローグ

通廊に照明はなかった。三人の人影がよろめきながら通り抜けていく。明るい場所から急に暗闇にきてしまったから、まずは暗さに目を慣らす必要があった。かれらはロボットにせきたてられている。とはいえ、言葉でだけだが。ついさっきかれらが使った転送アーチは、とっくに作動していない。

「全次元の精霊にかけて、ここはどこなの？」と、パトリシア・コルメトが悪態をついた。四十八歳のもとハンザ・スポークスマンの鍛えあげたからだだから、自信はほとんど感じられない。六歳年下のセレステ・マラニタレスや若いティモ・ポランテといっしょに選んだ道を、ともかく進んでいた。

「さっぱりわからないわ」セレステは背中にロボットの冷たい手を感じて、また急いだ。この異民族学者は大きな声を出すタイプではないのだが、いまはいつ感情が爆発してもおかしくない。

ティモは三人のなかでいちばん若いというだけでなく、テラ人類に利益をもたらすという声にしたがった者のなかで唯一の男だ。いままでは被害をあたえただけだったが。ティモ・ポランテはもとハンザ・スポークスマン三人の先頭にいて、おちついたようすで壁に手を当てて調べていた。

「かすかな振動を感じる。宇宙船かもしれないな」

「それとも技術ステーションか」パトリシアの言葉は問いかけのように聞こえた。

三人全員、いったい自分たちはどこにいるのか、まったくわからなかった。それ自体はさほど重要ではない。転送機を使えば火星に帰れるはずだから。

「ここでいったいなにをするのかしら？」と、セレステがいった。

「進みなさい！」ロボットがせきたてる。

「せかされるのはごめんだね」ティモ・ポランテは立ちどまった。

ロボットはティモを捕まえると、無言で肩にかつぎ、また前進した。のこったふたりはあらがうことなくあとにつづいた。

たどりついたのは薄暗い部屋だった。ロボットはポランテをおろすと、姿を消した。

「ようこそ」うつろな、いくらかひずんだ声が暗闇の奥から響いた。話し手は明らかに機械で声を変えている。あるいは未知の生物で、これが地声なのだろうか？

部屋は徐々に明るくなっていった。室内には、部屋の用途を推測できる調度も設備もない。

部屋の中央にある円形プラットフォームの上に、一ヒューマノイドの影がある。ぼやけた輪郭が闇のなかに溶けこんでいた。じっと動かない。話しているときでさえ、口がどこにあるかわからなかった。そのからだは一部が透明になったり、ふたたびもとにもどったりした。

かれは銀色の光をはなって輝いている。

テラナー三人は目の上に手をかざしたが、影からはなたれる輝きはさえぎれなかった。ティモ・ポランテは話し手のほうを向くと、挨拶には応えず、銀色の影を非難した。

「約束を破ったな」

「どういう意味だ？」未知者は楽しそうにしている。

「自分はうしろにかくれて出てこないと約束したのに、どうだ？　大騒ぎを起こし、われわれの命をあやうくしたじゃないか。そんなことをやってはいけなかった！　われわれはハンザ・スポークスマンという地位を失い、それで計画がだいなしになったんだぞ。悪いのはあんただ！」

「わたしはそうは思わない」声がひずんで反響した。「計画を修正する正当な理由があった。わたしは無理やりかくれ場から引きだされたのだ」

「かくれ場ってどこ?」セレステ・マラニタレスがすかさず割りこんできた。「ルナとか?」

「いまわたしはここにいて、安全だ」銀色の透明人間はセレステを無視した。

「へえ! 自分は安全だって!」パトリシア・コルメトは怒っていた。「わたしたちはどうなってもいいわけね!」

「きみたちのことは考えている。いまは安全だ。問題は、それがいつまでつづくかだな。きみたちしだいだ。もしテケナーがいったん中断した捜査をまたはじめたら、まったく新しいやり方に切り替えないといけない。そのときがきたら連絡する。では、行け。ロボットが道を教える!」

三人は黙ったままだった。影が輝きを失い、ふたたび暗闇が支配した。

「なにもかも、信じられないよ」ティモ・ポランテは怒りで大声になった。

「わたしも」と、パトリシア。セレステはなにもいわない。

ロボットも同じように無言だが、焦《あせ》ってもしかたないという身振りをした。

1

「これは抱腹絶倒ものだ！」フォロ・バアルは魅せられたように、３Ｄキューブを見つめた。銀河系の最新ニュースが流れている。「われらの半神ペリー・ローダンが混乱しているぞ。イーストサイドで、どうしたらいいかとほうにくれているらしい。くわしいデータは……」

アンティはチャンネル三四に切り替えた。経験上、そのチャンネルはふつうの放送局が流さない情報を放送するからだ。

「……死んだテラナー科学者の精神が宿っているという説もいまだに根づよい、想像を絶するポジトロン脳、ハミラー・チューブの報告です。ローダンは膝が震えたことでしょう。具体的にいうと、到来が待たれる無限アルマダは小部隊に細分化されます。無数の種族と宇宙船から構成される巨大艦隊が、銀河系全体に分散されるのです。それがいったいどういうことなのか、ローダンは評価しかねています。タウレクの〝金庫〟から出てきたデータは、ローダンにとって青天の霹靂《へきれき》でした。まったく違うことを予想していたのでしょう。ですが……」

蛍光液が入った前腕くらいのサイズのガラス容器がうつしだされた。これに無限アルマダのコースデータが入っているのだ。フォロ・バアルがそれを見ていると、息子のボネメスがチャンネルを一三に変えた。

ボネメスは十八歳。ものしずかで内向的な性格だ。

「こっちを見る」口数もすくない。

「正気か？」フォロは立ちあがった。「見たい番組があったら、自分の部屋で見なさい。ここでなにを見るかは、わたしが決める！」

「ふん！」ボネメスは不機嫌をかくさなかった。立ちあがると、父に向かって舌を出した。「父さんもローダンも、どうだっていいや。チャンネル一二で流れるニュースでは、トラカラトはまだトラカラトだし、アンティはまだアンティだよ」

「この家の主人はまだわたしだ！」フォロがこぶしでテーブルをたたいた。「なにを見るかはわたしが決める。わたしが見たいのは地球のニュースだ」

息子の手からリモコンを引ったくると、手当たりしだいにボタンを押した。偶然トラカラトのローカル局がうつったが、やはり無限アルマダのニュースだった。

「……まだはっきり説明されていませんが、最新の噂によると、われわれの惑星トラカラトも無限アルマダの目的地になるかもしれません。くわしいことがわかりしだい、お知らせします」

映像が切り替わった。空想の一生物がクッキー缶を高く持ちあげて、甲高《かんだか》い声で叫ぶ。「ぼくらクラクセルクラムス＝パノイが食べるのはフラマクだけ。特別なクッキーだからね。有名なアンティのジャマスも同じさ。おいしいフラマク、きみはいつ食べる？」

「ばかばかしい！」息子が毒づいた。「こんなものを見るやつの気がしれないね」

「わたしはニュースが見たいだけだ」父親が弁解がましくいった。「コマーシャルが入ったんだ。しかたないだろう？」

父親はもう一度リモコンを押した。

「またけんかしてるの？」アンティ一家の主婦、ミルタクス・バアルが部屋に入ってきた。「すこしはパシシアを見習ったら。なんでも自分でできるし、3Dキューブを見っぱなしということもないわ」

「パシシア！」息子はふくれっ面をした。「そんな話、聞きたくもない！　あいつだって思春期でいかれてるよ。それにばかだし」

「妹のことをそんなふうにいうのはやめなさい」フォロ・バアルがまたリモコンを操作しだした。「ミルタクスも口出しするな。ようやく最新型3Dキューブを手に入れたんだだ。見たくなって当然だろう。わかったか?」

醜い小人の顔をしたバラ色のロボット十二体で編成されたオーケストラが演奏する、ぞっとするような音楽がキューブから流れてきた。

「そのうちぼけるね」不満たらたらでボネメスは部屋を出ていった。

父親は怒ってその背中をにらみつけたが、ようやく自分が見たいニュースチャンネルが見つかったので黙って見送った。アナウンサーはトラカラトで有名なアンティの女司会者だ。

「無限アルマダがテラと太陽系にあらわれることは絶対にたしかです。クロノフォシル・テラの活性化は目前に迫っています。ここ数週間の不安は、テラナーから消え去りました。間違った多幸感から引き起こされたヒステリーは収束しつつあります。事態が全般的に沈静化したことで、謎につつまれた警告者の放送も意味を失いました」

短い中断があり、3Dキューブに放送局の識別カラー信号が表示された。次いで、冷静な声が響いた。

「この件について、太陽系から直接コメントをお送りします。マース・ポートのスタジオに、イリス・デトネーがいます」

中年とおぼしき女テラナーの顔がうつしだされ、3D映像が一瞬ちらついてはもとにもどることがくり返される。3Dキューブの謝罪音が響いた。

フォロが深く息をついた。ボネメスがまだこの部屋にいることに気づいていない。

「映像が消えるかと思った」

「こんにちは、トラカラトのみなさん！」イリス・デトネーはほほえんだ。「太陽系の状況はややおちつきました。人々は無限アルマダがくると確信しています。無限につづく異人の艦隊が数千の船団に分かれるという知らせを聞いて驚いたものの、安堵の気持ちもひろがりました。これらの分団はそれぞれ数十のアルマダ部隊から構成されます。つまり、多種多様な部隊に分かれて銀河系を横断するということ。無限アルマダの部隊が数十万光年にわたって扇のように配備され、コスモクラートのインパルスを祝福としてわたしたちの心に植えつけるのです」

「ばかみたいだ！」ボネメスは大声で笑った。「自分の祖先に男テラナーがいることは知ってる。それとも、女テラナーかな。どっちでもいいや。とにかく地球人だね。それで……」

「しずかにしろ！」フォロは勢いよく立ちあがった。それから数秒間は自分の息子がいることさえ忘れた。まるで、そこから宇宙の平安がすべて自分だけに、充分に伝えられているとでもいうように、3Dキューブを見つめた。

「無限アルマダの先頭部隊がテラに〝タッチする〟までは」火星生まれコメンテーターの冷静な声が動じることなくつづいた。「巨大艦隊は銀河系全体に分散するかたちで配備されます。M－13のような球状星団もふくめた一銀河全体がアルマダ部隊で埋めつくされるのです。けれどもそれは恐ろしいことではありません。無限アルマダは数万光年にわたってつづくように見えます。それが分割されれば、もっと大きく思えるでしょう。たとえそうだとしても、わたしたちの故郷銀河は独立した、想像できない大きさの銀河系のままなのです。アルマダはまず明確なシュプールをのこさないよう腐心するでしょう。そうすることで、とくにGAVÖKと宇宙ハンザを通して人類とつながった諸種族がともに注力してきた問題がかたづきます」

フォロ・バアルはふたたび放送に意識を集中させていた。息子が半分開いたドアの前に立っていることも忘れて。

「これはおもしろそうだ」そういってまた腰かけた。「無限アルマダに関する問題なら、わたしもいろいろ関わっているからな」

「ぼくにはなんの興味もないね！」ボネメスが乱暴にドアを閉めて行ってしまったが、父親は気にもとめない。好奇心に満ちた目は中継キューブの3D映像に釘づけだ。

「クロノフォシルの活性化はもう実現段階です」と、コメンテーターはつづけた。「多くの人がこれまで予想していたように、もし無限アルマダの全体が太陽系に入ったら、巨大艦隊にかこまれたソルもその惑星も広大な砂漠のなかの砂粒と化すでしょう。ソルがかくれてしまうかもしれません。タウレクの金庫からデータが送りだされたときは衝撃がはしりましたが、この分散配備は唯一の合理的な解決法なのです」

「分散配備？」フォロの妻ミルタクスは関心なさそうにいうと、真鍮《しんちゅう》の花瓶に花を生けた。３Ｄキューブにはまったく注意も向けない。「それってどういう意味？」

「ばらばらに分かれるってことさ」夫は早口で答えた。「だが、いまは黙ってくれ」

「いいわよ」妻は夫をなだめるようにいい、こう返した。「でも、質問くらいさせてよね。ボネメスを追いはらっただけじゃたりないのかしら」

「あいつは銀河系の現代史についてなにもわかっていないからな。しずかにしろ！」

ミルタクスはぼそぼそとなにかいったが、キューブから聞こえる声にかき消された。

「無限アルマダは無数の船団に分割されて扇状になり、銀河系を横断します」組織図が表示され、そのプロセスが明確になった。けれども、ポジトロニクスが大急ぎで作成した図面を見ても、たいしたことはわからなかった。

「なんだよ！」フォロは毒づいた。「クローン・メイセンハートと《キッシュ》だったらもっと芸術的なやり方で発表しただろうに」

「大げさねえ、どういうこと？」

「花の世話でもしていろ！」

「この分散配備で決定的なことが起こるでしょう」イリス・デトネーは説明した。「無限アルマダは銀河系のほぼすべての居住星系といっきに接触できます。かつてペリー・

ローダンと関係のあった全種族が把握されるでしょう」

「全種族？」ミルタクスは驚いて振り向くと、夫のところへ駆けよったが、夫は手を振って黙るよう合図した。「つまり、アルマダ部隊がトラカラトにもくるかもしれないということかしら。そうなると……」

ミルタクスはそこまでいうと、興奮してフォロの腕をとった。

「え？」それでようやくフォロはこのニュースの意味を理解した。

「さ、３Ｄキューブで夢をみるのは終わりよ」妻は軽く皮肉をこめていった。「いままではなにもかもキューブから、遠いところの出来ごとを体験していたわ。でも、これからは現実をとりもどさないと！　無限アルマダがアプトゥト星系にくるのよ！　それがこれほど心配じゃなかったら、あなたのこと大声で笑い飛ばすんだけどね、フォロ」

キューブがまるで赤熱《せきねつ》する鉄になったかのように、フォロはあわてて娯楽番組にチャンネルを合わせた。スピーカーの音量をさげ、目の前のテーブルに何時間も放置されていたフルーツジュースをひと口飲むと、冷静にもどっていった。

「これは実際、爆弾みたいなものだ。でもたしか、無限アルマダが訪れるのは〝ほぼ〟すべての星系だといったぞ。アプトゥト星系のことなどひと言も触れていない。アルマダやナコールにとって、われわれなどとるにたりない存在だろうし」

「そんなこと、自分でも信じちゃいないでしょう」ミルタクスは夫をいらだたせるのが楽しくてしょうがなかった。フォロがキューブに依存するのを、息子や娘と同様いまいましく思っていたから。「歴史のことはよく知っているわ。わたしたちの種族はバアロル教団の全盛期、ローダンの進路に重要な転機をあたえた。それを忘れたの？　それとも歴史を否定するつもり？　もう一度いうけど、アルマダはくるわよ！」

「そうだとしても！　数隻からなる部隊がこの星系にきたって、どうということはない。かれら、われわれにはなにもしないだろう。どうせ最後にはアルマダ王子ナコールとその友ペリー・ローダンにしたがうのだから」

「急にどうしてそう単純になったの。冗談抜きで笑っちゃうわ。これから夕食の準備をするから、もうすこし3Dキューブを見てていいわよ。異人の訪問とはいったいどんなものか、わかるかもしれないし」

「食事のあと、いっしょにチャンネル三七のまとめ番組を見よう。そうすればどっちが正しいかわかるよ」

　フォロ・バアルはそう決めつけながらも、自信なさそうな口ぶりだった。

2

アプトゥト星系は銀河系の中心付近に位置し、地球からはきっかり三万八千四百三十九光年はなれている。連星系で、ふたつの赤色巨星は双子のようにそっくりだ。質量、直径、放射強度の物理量が小数点以下数桁《けた》まで一致している。ところが、連星アプトゥト間の距離は三光週以上もある。連星系としては非常に大きな距離だ。

さらに宇宙的尺度として奇妙なのは、星系の惑星だった。十六ある惑星のうち十五が、赤色巨星ふたつではなくその共通の重心のまわりを公転している。そのせいで、連星系であるにもかかわらず、惑星の軌道は直径が数光月で、非常に規則的だった。連星の放射圧と二倍の強さがある光のおかげで、遠くはなれた惑星にも充分すぎるほどのエネルギーがとどいていた。もっとも外側に位置する惑星にさえ、通常の生存条件がととのっている。

十六惑星中、唯一の例外がアプツラドだ。その星系重心との平均距離にもとづき、第四惑星とされている。アプツラドだけが、恒星ふたつのあいだを規則的にめぐっていた。

NGZ四二八年が終わろうとしている現在、アンティ種族のほとんどがトラカラトに居住している。この惑星には紀元前一八〇〇〇年、アコン星系からきた最初の移住者が定住し、それから徐々に星系全体を占領していった。かれらはアプツラドに秘密の研究ステーションを築いた。

テラナーとアンティが最初に遭遇したのは旧暦二〇四四年のこと。アコン人の後裔《こうえい》から突然変異したアンティ・ミュータントの子孫は当時バアロルと名乗り、その反プシ能力を使って秘密結社バアロル教団を組織していた。

ペリー・ローダンと仲間たちははげしい戦いのすえにアンティを権力の座から引きずりおろした。今日《こんにち》ではアンティは宇宙ハンザに属し、ひろく統一された銀河系の一種族とみなされている。

祖先であるアコン人と同様、アンティの外見が人類に非常に似ていることは、共通の先祖レムール人に由来する。だがその精神力に関しては、昔からはるかに違っていた。超能力でエネルギー・バリアを強化できるという特殊な才能を持ち、さらにパラメンタル攻撃を反射させることもできた。

フォロ・バアルの場合、この能力はほぼ退化している。訓練しようとか、使ってみようとか、夢ですら考えたこともない。フォロは平穏な人生を選びとったのだ。長年の研究生活を終え、経営する大農園でもかなりの収入があった。

かれの名字がバアルであるのもたんなる偶然で、昔のバアロル教団とはなんの関係もない。実年齢の六十八歳よりも老《ふ》けて見えるし、自分でも、精も根もつきはてたとはっきり認めていた……3Dキューブから大好きなニュースが流れているときは違ったが。髪は薄いうえに真っ白で、その姿勢ときたら、目に見えない巨大な岩塊を引きずるように前かがみだった。

フォロの性質のいくつかは、ふたりの子供たちにしっかり受け継がれているようだ。十八歳のボネメスは無口で人をよせつけない性格。十六歳の妹パシシアも同じだった。ただボネメスは、父親がニュース番組を夢中で見ているときだけ非常に不機嫌になる。パシシアのほうは、その件で父のじゃまをしたことはなかった。学校の勉強をおろそかにしない範囲で自分の趣味に打ちこんでいる。

ふたりの母親もどちらかというとしずかで単純な人だったので、ひとつ屋根の下で暮らしながら家族全員でなにかするということがないのも、さほど不思議ではなかった。家族全員がそろうのは食事の時間だけだ。その日の夕食も家族が集まった。マルチクロノメーターにしめされた日付はNGZ四二八年十二月十六日だった。

食事の時間は、だれも口をきかないまま過ぎていった。赤い髪のほっそりしたパシシアは、なにかを期待するように何度か父親のほうを見たが、その口から言葉は出なかった。ミルタクスは食事を用意し、それに対してだれかひとりでも〝ありがとう〟をぼそぼそといえば、充分に満足だった。

「ばかげている」と、フォロが突然ナプキンをテーブルにたたきつけた。「ずっと自分の部屋にこもりきりだなんて。食後に四人でニュースを見たっていいじゃないか。銀河系では重大事件が起こっている。早晩われわれにも直接影響するかもしれないぞ」

「やっぱりね！」勝ち誇ったようなミルタクス。

「やっぱりね！」パシシアも同調したが、その声は軽蔑的で冷淡だった。ボネメスは無言で、のこっていたスープをわざと大きな音をたててすすった。

「わかったかな？」フォロは期待をこめて子供たちを見まわした。ミルタクスが反論することはまずない。「これはみんなのためなんだ」

「ぼくが賛成するとは思ってないよね？」ボネメスが訊いた。「よかった」

「親子げんかはしたくない」と、フォロはなだめた。「最新のニュースを聞いてほしいんだ。いま銀河系でなにが起こっているのか、なにがトラカラトにやってくるのか」

「〝キッチュ〟のメディア・クルーかな？」ボネメスは薄笑いを浮かべた。

「クローン・メイセンハートと《キッシュ》のことを悪くいうのはやめろ！」フォロはひとさし指を突きつけて息子を威嚇《いかく》した。

「驚いたね」息子は臆することなく反論した。「まだ父さんの目がまるいことに。とうの昔にキューブのかたちになったと思ってた。どうやってもどしたの？」

「お父さんにすこしは敬意をはらいなさい」ミルタクスがあいだに入った。

「敬意？　じゃ、ぼくの興味にはだれが敬意をはらうのさ？」ボネメスは興奮して立ちあがった。のこっていたスープがテーブルにはねる。

ミルタクスとフォロはわめきちらしたが、パシシアが立ちあがるとしずかになった。

「お父さんがよろこぶよう、みんなでニュースを見ましょうよ」

ボネメスは困ったように妹を見つめるとすわりこみ、ぼそっとあやまった。

「ごめん」

「いいさ！」フォロが満足げにいう。「すぐにそういえばよかったんだ」

ミルタクスはキッチンロボットに合図して、ボネメスがスープをこぼしたテーブルクロスをきれいにさせた。

＊

四人は多少とも仲のいい家族のようによそおい、フォロの3Dキューブをかこむように配置されたソファにすわった。ミルタクスはけなげに夫や子供たちにおいしい飲み物をすすめたが、だれもほしがらないのでとうとうあきらめた。

フォロも妻の質問攻めに辟易《へきえき》し、もうすわるよううながした。

チャンネル三七はトラカラトで最大手のローカル局だが、自前の特派員はいない。その弱点を補うのが、銀河系のあらゆる宙域をつなぐメディア・ステーションだ。もちろんクローン・メイセンハートのルポルタージュや報告にもアクセスできる。そこでは、メイセンハートの〝アルマダ・ショー〟から客観的な報道として適していると思われる部分を編集して使っていた。

放送はいつものようにニューストピックからはじまった。そのあと解説がつづき、個別の問題に光を当てていく。驚いたことに、無限アルマダは〝特ダネ〟としてとりあげられず、警告者と名乗る未知者に関する番組が放送された。海賊放送局アケローンが先週ひろめた恐怖のヴィジョンは、銀河系の広域で人々の不安をあおる空論を披露したという。

「この空想的報道によってテラナーのあいだでひろまった不安は、しだいにおさまるでしょう」と、トラカラトのアナウンサーが説明した。「その理由は明白です。テラと太陽系の人々は現在、無限アルマダがくると確信しています。クロノフォシル・テラの活性化をじゃまするものはもはや存在しません。アルマダを切望する思いは満たされるでしょう。活性化が最終的になにを意味するのかは、すでに地球から最初に送られてきたレポートでわかっています」

だれもがよく知るテラのイメージ映像が表示された。完全に意図して不安をあおる映像が選ばれている。人々は大急ぎで宇宙港に殺到し、他人を押しのけたり言い争ったりしていた。

「活性化への大きな期待は、説明のつかない異郷への憧れというかたちでひろまりました。探検旅行の予約数は飛躍的に増加し、まるで大勢のテラナーが故郷惑星を捨てたがっているかのように見えます。この不安を押しとどめることはほとんど不可能です。多くの地域では、宇宙のどこか遠くで新しい研究をするための利益共同体が形成されました。特派員たちはあらたなる〝星々の誘惑〟について語り、どこか宇宙飛行の草分け時代を思わせます。この現象に対する理論的な説明はまだありません。アルマダ・ショーの副作用であるとか、無限アルマダへの期待そのものであるとか、さまざまな推測がされています。アルマダに関する番組は種々ありますが、反対にアケローン警告者のおぞましい話に興味をしめす者は減ってきました」

「まったくナンセンス」と、ボネメスがつぶやいた。父親は非難がましい目つきで息子を見たが、番組を聞き逃したくないので、小言をいうのはあきらめた。

つづいて《バジス》から直接、短いレポートがあった。ペリー・ローダンの顔が大うつしになる。タウレクの金庫のコースデータから解読したデータのことを、ハミラー・チューブから聞いたばかりの困惑した顔だ。

「ペリー・ローダンは最初なにかの間違いか、ゼロ夢見者カッツェンカットとそのエレメントがネーサンを不正操作したのかと思いました」アナウンサーがそう説明しているうちに、映像はルナ内部の光景に切り替わった。「目撃者によると、ハミラー・チューブが無限アルマダのコースデータを解読したとき、ローダンはまさに狼狽《ろうばい》したとのことです。ほかの場所でも、このデータの正当性に疑いが持たれています。無限アルマダを無数の部隊に分割するのは、テラナーの想像を絶することです。そればかりか、この巨大艦隊が銀河系を文字どおり征服するという印象が、一時的にせよ生じたわけです。それは同時に、銀河系の力が粉々に砕かれたという感じでした」

「そうだ、そうだ！」フォロは興奮のあまりうめき声をあげた。自分のまわりのことは、また目に入らなくなったようだ。けれども、息子がそっと立ちあがって出ていこうとすると、引きもどした。ボネメスがぶうぶう文句をいいながらも父にしたがったのは、うながすように見つめる妹と目が合ったからだった。

キューブの画面に銀河系のようすが次々うつしだされたなかに、分割された無限アルマダの3D映像があった。キューブは縦・横・高さがそれぞれ五メートルはあるが、接近していくリアルな映像をうつしだすにはちいさすぎる。

「ネーサンのデータは完璧だということが、これまでに判明しています」アナウンサーの声が響いた。「地球ではペリー・ローダンの協力者がヴィールス・インペリウムに接続し、無限アルマダのコースと分割方法が正しいことが確認されました。それでもローダンの不安はまだ消えていません。そこにようやく、コスモクラート、タウレクの最新の声明がとどいたのです」

タウレクの立ち姿が最大サイズで表示される。べつにちいさく挿入されたアナウンサーの姿は、コスモクラートにくらべるとまるで小人だ。こんな場面でも、メディアはあざとい演出を忘れなかった。

姿を見せないべつのナレーターが、タウレクの言葉を一人称で語った。

「わたしはかつて炎の標識灯を自分のなかにとりこみ、それをエルンスト・エラートに託してかれが自分の使命を達成できるようにした。炎の標識灯がなければ、無限アルマダ全部隊が共通の道として使う星間通廊をつくることはできない。そこから理論的に推測されたのは、めざす目的地に到達できるよう、アルマダを分散させなければならないということだ。その必要性が理解できず、無限アルマダの団結が失われるのではないかと考える者たちの恐れには、根拠はない。この巨大艦隊がどういうものかわかれば、アルマダ王子ナコールもまたオルドバンのメンタル保管庫を通じてつねに全部隊とつながっているとわかる。制御と指揮権はそのままだ。もちろん、現段階で望まぬ事態が起こらないと保証することは、わたしをふくめてだれにもできない。だが、心配するような理由も見あたらない」

「意味がわからないわ」と、ミルタクス・バアルはいった。

「なんのことかさっぱりだ」ボネメスは口をとがらせた。

「いつもちゃんとニュースを見ていないからだ、息子よ！」フォロは勝ち誇った。「いっしょにニュースを見るんじゃなかったの」と、パシシアがあいだに入った。「またけんかをはじめるの？」

三人は黙りこんだ。

もう一度、べつのコメンテーターが、M‐82での〝紙吹雪《ふぶき》現象〟を例に、アルマダ部隊をどう分散させて銀河系の居住星系と接触できるかを説明した。

それから最近の出来ごとについてさまざまなコメントがつづいたが、推測の域を出ないことはすぐに見てとれた。それでもアナウンサー全員を知っているフォロ・バアルは熱心に見つづける。こうして、この家族のあいだでもしずかに会話がつづいた。

「やっぱりアルマダ部隊はアプトゥト星系にもくるわね」パシシアは考えこんだ。「楽しくなりそうね。ここへなににしにくるのかしら？」

「おまえたちはわかってない」フォロは興奮して腕を振りあげた。「最初から順を追って見ていくべきだ。モラルコード、無限アルマダ、エレメントの十戒、アルマダ・フィーバー。もちろんわたしにだって、ぜんぶがどうつながるのかはまだわからない。でもはっきりしているのは、銀河系に無限アルマダがくることは必要なんだ。クロノフォシルを活性化するために」

「そんな漠然とした話」娘は不満そうにいった。「自分の趣味に熱中しているほうがいいわ。ほんもののホログラムよ、お父さんの3Dキューブじゃなくて」

「黙って聞け、パス！」フォロは娘に向きなおった。「宇宙の存在そのものが、秩序と混沌の両勢力における絶え間ない戦いなのだ。どちらの側も……」

「たしかに」ボネメスが割りこんだ。「それはうちの家族を見ていたらわかるよ。戦いというより徒労だもんな。ぼくは家族のなかのだれが秩序の勢力を代表しているのかというほうに興味があるよ。父さんとか？」

「そんなふざけた質問に答える気は毛頭ない」フォロがこぶしをテーブルにたたきつけ、生まれるかに見えた家族の調和はふたたび消え失せた。「理解しようという気がないなら、いつまでもばかのままだ。アルマダ部隊もトラカラトにくる可能性があると、おまえも聞いただろう。なにか考えないのか？」

「ぼくらには無関係さ」息子はかたくなだった。「ナコールとローダンが父さんの3Dキューブの野望を聞きつけたら、無限アルマダに指示してアプトゥト星系を迂回させるだろうな」

　父親がふたたび口を開きそうになったところで、3Dキューブに公営放送のアナウンサーがうつしだされた。

「最新ニュースです。無限アルマダの配備は個別に一括で実施されるのではなく、アルマダ王子がコースデータをすこしずつメンタル方式でタウレクの金庫から直接とりだし、各部隊に送られます。《バジス》搭載のハミラー・チューブが解読したデータも、アルマダ部隊の出発そのものとは無関係とのこと。それはただ、ペリー・ローダンとその同盟者にきたるべき出来ごとの大まかなイメージを伝えるためだけのものです。クローン・メイセンハートが知っていると主張したとおり、第一段階の目的地はすでに決定されています。また、すでに無限アルマダの最初の部隊が太陽系に向けて出発したとのことです。詳細は、短時間の中断後にお送りします」

アナウンサーがいったん画面から消えた。ふたたびあらわれたとき、手には原稿フォリオを持ち、いくらかまごついているようだった。そのようすと、手に持っている原稿とで、それが緊急ニュースだとわかる。

「すでに出発したアルマダ部隊について、現時点で以下のとおり判明しました。

ヒーザーのアルマダ第六二三五部隊の指揮のもと、一船団がソルから五万千二百三十一光年はなれたハルタ星系へ航行中です。

トレイセンのアルマダ第三七六部隊は、テラから四万五千光年はなれたアコン人のブルーの星系へ向かっています。

M-13へは二船団がコースをとっており、スクウファーのアルマダ第四八八部隊はアルコン星系へ、トレフェスカーの第一七〇七部隊はスプリンガーのルスマ星系へ向かったそうです。

ほか未確認情報では、べつの船団がプロヴコン・ファウストとガイアに行く途中とのことです」

「アプトゥトのことはなにもいわなかったな」フォロは笑い飛ばした。

そのとき偶然、３Ｄキューブのアナウンサーと目が合った。

「確認ずみの情報がもうひとつありました」アンティのアナウンサーは抑揚のない声でつづけた。「われわれの星系もアルマダ第一陣の目的地としてリストに記載されています。サスクルージャー人の第三〇一七部隊が連星アプトゥトに向かうコースをとっています」

ぱちん！　パシシアが手をたたいた。その横で、母親はソファに深くもたれかかる。フォロとボネメスは無言だった。父親の眉間《みけん》にしわがより、息子はいらだって頰が痙攣《けいれん》している。

「放送は終わりね？」パシシアは薄笑いを浮かべると、父の肩をたたいた。「じゃ、わたしは行くわ。お父さんはもう口を閉じていいわよ」

娘は立ちあがると、部屋を出ていった。

「いまどきの若者は、なにを考えているのかさっぱりわからない」と、フォロ・バアルは嘆いた。「なにに対してもごちゃごちゃうるさいわりに、なにかに興味を持つわけでなし」

「それは父さんの意見だろ」ボネメスがやけにおだやかに父の言葉を正した。「父さんが興味を持つようなことに興味がないだけさ」

「わたしには経験というものがあるからな！」

「なら、それにしがみついていればいいさ。キューブを見ててよ。そのうち、その〝サスなんとか〟について、すごく役にたつ情報が放送されるから」

「なんについてだと？」

「父さんを訪ねてくるっていうアルマディストさ。なんて名前だっけ？」

「サスクルージャー人だ！」

「どんな姿かなんて、興味もないけどね」ボネメスも部屋を出ていった。

フォロ・バアルはため息をつくと、視線をキューブに向ける。

「次のニュースです」と、聞こえた。「ハンザ・スポークスマンのロナルド・テケナーの話題です。細胞活性装置保持者であり、謎につつまれた特務艦隊ツナミ司令をつとめるテケナーは、いまもなお警告者を追っているとのこと。幽霊放送局アケローンについて、はっきりした手がかりはまだ見つかっていません。表向きには、特務部隊の数隻がべつの任務にもとりくむとのことです……」

3

ロナルド・テケナーの実年齢は千六百四十二歳。四百二十八年前からずっと同じ女性と結婚契約を結んでいる。この数字だけ見れば、ふつうではないと思うだろう。それにくわえて、外観だけでなく、生物学的に見ても三十六歳なのだ。

だが、テケナーに関して数字でわかることはごくわずかしかない。あばたの顔に、名高い笑みが浮かんだ。かれのあだ名〝スマイラー〟はここからきている。身長百九十一センチメートル、体重百キロの男は、右手に持った印刷フォリオをじっと見つめていた。それには警告者の海賊放送局のかんたんなシンボルが描かれている。三本の矢がそれぞれ中心から百二十度の角度で違う方向をしめし、その先端をつないで正三角形をかたちづくっていた。

このシンボルは長いあいだ、かれのみならず、人々にとって謎だった。テケナーがようやく探しあてたのは、旧暦二十世紀の非常に古い事典で見つけたマークで、当時の平和運動の象徴だ。三本の〝矢〟の角度はほぼ同じ。ただし、垂直方向に伸びる四本めの矢があり、印全体が円でかこまれている。警告者とは関係なさそうだが、ほかにヒントになりそうなものも見つからなかった。

テケナーは考えをめぐらせ、これを記憶にとどめた。このシンボルについて、はじめてなにか意味のあることがわかったという、それだけの理由だったが。

未知者がいちばん最近に送ってきた恐怖のヴィジョンは、この矢が人類に決められた道をしめすかもしれないことを暗示していた。実際、それが当てはまるのは二本の矢、すなわちふたつの道ということになる。では、第三の矢は破壊への道なのか？　あるいは、二律背反の矛盾を解決する方法として第三の道をしめしたのだろうか？

すべてがまだ不明確だ。テケナーは、このシンボルにさほどの意味はないかもしれないとも考えていた。

警告者の問題がほぼ解決したかのように見えたのは、わずか二日前のこと。テケナーはホーマー・G・アダムスとともに三名のハンザ・スポークスマンを特定した。ネーサンを海賊放送局アケローンに悪用したと白状したセレステ・マラニタレス、ティモ・ポランテ、パトリシア・コルメトだ。疑いがかからないよう、三人で交替して警告者を演じていたという。

その動機もまた信じるにたるものだった。危険にかんがみ、人類を揺り起こそうとしたらしい。無限アルマダが出現するとどんな影響があるか、ほのめかしたのだ。だが、それはエレメントの十戒やゼロ夢見者カッツェンカットにくらべたらさほど重要ではなかった。実際、混沌の勢力の手先がもたらす危険はまだつづいている。

しかし、大半のテラナーは過小評価しているようだ。報道で知っているだけで、個人的に体験したわけではないから。

犯罪者三名を徹底的に調べたところ、なんらかの影響下で行動したのではないことがわかった。さらにハンザ・スポークスマンの任も解かれたため、あらたな騒動を起こす心配はなくなった。

すくなくとも、見かけは！

アダムスはこの筋書きで、なんとか関係者全員を納得させた。宇宙ハンザの財務の天才がこの件は終わったと保証したわけだ。だが、テケナーはどうしても不信感を拭《ぬぐ》えなかった。それでもペリー・ローダンの旧友の感情を害してはまずいと思い、懸念をおさえこんだ。

そんなとき、警告者のあらたな放送が受信された。ちょうど、かれが三本矢のシンボルの意味を漠然とだが推測したときだ。ハンザ・スポークスマン三人の追放後に警告者放送があったという事実だけでも、これまでの推測がすべて覆《くつがえ》されたことになる。

つまり特務艦隊ツナミの司令にとって、たんにだまされただけでなく、警告者の正体を暴《あば》くという任務も未解決のままだということがはっきりしたわけだ。

だまされつづけていたのはホーマー・G・アダムスも同じ。やすやすと一杯食わされたのだ。反逆者三人にか、あるいはかれらの黒幕にか？　テケナーは思わずカッツェンカットや十戒のことを考えたが、警告者とつながる明確な証拠はない。アダムスによって、すべてを過小評価するようしむけられていたから。

テケナーにとって、さしあたり重要な事実はふたつだけだ。ひそんでいた昔の狩猟熱が噴出した。どこかで因果関係の鎖はつながっている。これまで見逃していたか、すくなくとも完全に誤った判断をくだしたものがあるはず。新しい手がかりが必要だった。

これまでの方法では、海賊放送局を特定することはできない。使われている放送技術は、いわゆる〝不均質なオリジナリティ〟にもとづいており、送信エネルギーが同時に異なった方向からくるように見える。しかも特定できる方向はどれも、実際のそれとは一致しない。

唯一使えそうな手がかりは、未知の警告者による放送そのもの、あるいはそのシンボルだ。

ロナルド・テケナーはあらためて、特務艦《ツナミ2》の専門家をこの問題に投入することにした。この二百メートル級の巡洋艦は目下、アステロイド帯と木星とのあいだの現在時間を光速以下で航行している。

足音が間近に聞こえて、スマイラーはフォリオをつかんでいた手をおろした。見なくてもだれだかわかる。スリマヴォだ。

かつてのスフィンクスは、驚くほどの進化を遂げていた。惑星ロクヴォルトでキウープといたときに見せたような、謎に満ちた態度はすっかり失われている。

スリマヴォがティーンエイジャーから大人になる過渡期にいることはまちがいない。テケナーは好んで〝新米レディー〟と呼んでいる。あとは思春期特有の態度を脱ぎ捨てればいいだけだ。

スリは自分のオーラを熟知していて、出会った男全員にオーラの威力をテストする。当然、いまは近くにいるテケナーに対しても。

「なにか考えこんでいるみたいだけど」伏せていた目を意味ありげにあげながら声をかけた。

「考えこんでいるよ」そういってスリマヴォの腕を押しのけた。「全体像に合わない出来ごとがあまりに多すぎる」

「警告者のことでしょう」スリは大人びてもったいぶった感じでうなずいた。「それが全体像に合わないのか、全体像そのものが間違っているのか」

スリはフォリオをつかんでいった。

「ヴィシュナもゲシールもこのシンボルを解釈できなかった」そういうと、なんの関係もない話をはじめた。「以前どんなことをしていたのか話してよ。USO時代の話とか、アトランの代行としてガイアにいたときのこととか。〝エイド〟の話でもいいわ」

「いまそんな時間はないし、そんな気分でもない」スマイラーは即座に断った。「それより、姉さんたちとテレパシー連絡をとったんだな」

「そうよ」スリは楽しそうにほほえんだ。「ほとんどいつも連絡してる。もちろんゲシールの私生活に立ち入ったりはしないけど。ゲシールだって秘密の願望があっても教えてくれないわ」

「秘密の願望？　そんなことはじめて聞いたが」

「秘密の願望がない女がいると思う、テク？　それを洩らしたら、もう秘密じゃなくなるわ」

「そりゃそうだ」スリマヴォの上機嫌が伝染して、テケナーは解放されたように笑った。

「きみにも秘密の願望があるのか？」

「わたしって、女？」スリは小生意気に訊くと、自分で答えた。「もちろんそうよね。レオの幼稚園を脱走してからは」

「女の一歩手前だ」テケナーの口調がきつくなった。「さ、ばかげたことはやめろ！」

「ばかげたことって？」スリは悪びれない。

「自分の気分をわたしに強制しようとしているだろう。きみの能力はみんな知っている。情感や気分や感情を受けとめて、分析し、処理できる。それを自分から他人に伝えることもできる。きみはエンパスだ。だれかがそう呼んでいた」

「だれ？　あなたじゃないの？」スリは話題を変えようとした。

だが、スマイラーはつづけた。

「きみのことはわかってるよ、おちびさん。でも、若さゆえの好奇心を満たすために、自分の能力で実験しちゃいけない。自分が男たちにどんな影響をあたえるのか、もうすこししたらわかってくるから」

「男たちに影響をあたえようなんて思ってないわ」スリはふくれっ面だ。「ただ……」

「なんだ？」

「あなたに影響をあたえたいの」

「もうがまんの限界だ、スリ！　わたしが四百年以上ジェニファー・ティロンと結婚しているのは知っているだろう？」

「うぬぼれもいいかげんにして、テク」スリマヴォは爆笑した。「本当にもう、男ったら！　警告者のことならわたしが力を貸すっていいたいだけ。ほかの問題でもいいけどね。わかった？」

「わかった。わたしを思うがまま愚弄《ぐろう》したいんだな」

「うまくいったでしょ」

「ホーマーについてはどう思う？」テケナーは話題を変えた。「ときどき、なにかおかしいと感じるんだが」

「かれはちょっと妙ね」スリも同意して矛《ほこ》をおさめた。「でも、不審な点はなにも見つからなかったわ。ホーマー・アダムスの忠誠はほんものよ。自分の仕事にきわめて熱心。それ以上くわしいことは、わたしにもわからない」

「どういった方面に熱心なんだ？」テケナーは《ツナミ2》の司令室へ向かう反重力シャフトへ進んだ。

「宇宙ハンザの福祉と繁栄に貢献すること。それをはっきり感じたわ」

「わたしもかれの忠誠を疑ったことは一度もない。だが、三人のハンザ・スポークスマンのことがどうも腑に落ちないのだ。あまりにもかんたんにかたづきすぎた。この直感は間違っていない」

それからスリマヴォのほうに物思わしげな視線を向けた。スリを全面的に信用していいのだろうか？　当然だと心のなかでいいつつも、そうではなかった。ゲシールとヴィシュナが持つ、いうにいわれぬ不可思議さが、スリにもしみついているから。

スフィンクスはちいさい少女だった昔も、成長したいまも、自分の素性や過去を語ることができない。あるいは、語りたくないのかもしれない。

自分はヴィシュナの一部から生じた具象だと説明していた。キウープがヴィールス・インペリウムの再建をはじめたときのことだ。それ以来、スリは宇宙の捨て子のシュプールを追ってロクヴォルトまで行き、周囲に次々と謎をのこした。

いまやスリがゲシールと同じく、ヴィシュナから独立した自由な人格になったことは、なんの疑いもない。そのことはまた、女三人の連帯感やテレパシー・コンタクトともなんら矛盾しない。

この種の質問をすると、スリはひどく内にこもってしまう。数日前、自分はかつてヴィシュナが内部にとりこんだ者の生まれ変わりかもしれないとほのめかしたことがあった。しかし、証拠があるわけではない。

その者は人間か、あるいは地球に生まれ変わったから人間の姿になった……そうならざるをえなかった……のか、という問いにも、彼女は答えられなかった。いずれにしても、スリはこのからだでいることに満足している。過去に自分がどんな存在であったかなど、考えるようすはまったくなかった。

テケナーは、スリをとりまく謎がすべて解き明かされるとは思っていない。目下、そんなことは二の次だ。

ふたりは黙ったまま、反重力シャフトで移動する。司令室につづく主ハッチの前でスリが別れを告げようとしたとき、ジェニファー・ティロンと鉢合わせした。ロナルド・テケナーの妻はガイア生まれで、生物学上は二十五歳だ。その知識と能力をひけらかすことはせず、どちらかというとものしずかで、ひかえめだった。

「スフィンクスがあなたを感情の呪縛から解放する気になったら」と、ジェニファーはにっこりして夫にいった。「〝ココのキキ〟氏と話してみるといいわ。かれの主張する常軌を逸した理論が聞けるわよ。きっとわたしたちの助けになると思うわ」

「ココのキキ！」テケナーは肩までとどく黒髪を揺らした。「キノン・キルギスのことだな」

「そのとおり。スリに骨抜きにされたわけじゃないのね。まだ理解力はあるみたい」

「テクを骨抜きになんてしてないわ」スリがいきり立った。「手助けしているだけ。だって、わたしはいつでもゲシールやヴィシュナと連絡がとれるから、ヴィールス・インペリウムとコンタクトできるの。役にたつわよ」

「それを疑ってはいないわ」ジェニファーはすこし顔を赤らめた。スリマヴォが自分のユーモアを誤解したことに気がついたのだ。スリのほうがすでに五センチメートルほど背が高いことは気にならなかった。ジェニファーにとってスリは、とりわけその細く少年のようなからだのせいで、いまも大きな子供にしか見えなかった。

「キキと話をしてみよう」と、テケナー。「だが、なにについてだ？　ところで、ほかに新情報は？」

「アケローンの警告者についてよ。ほかの新情報は、無限アルマダの分散と太陽系への……つまり、銀河系への飛行に関することばかりね」

それについてテケナーはすでに充分、情報を得ていた。

「それはペリーの担当だな。では、ココのキキのところへ行こう」

4

クラブのメンバーがすこしずつ到着するあいだも、湿った洞窟内のしずかなざわめきがそれ以上高まることはなかった。壁にはシンプルな投光装置が四つかけられ、化学変化で光を発している。この明かりがもつのは二時間か三時間だ。

岩でつくられた壇の上に長テーブルが置かれている。テーブルの向こう側には四脚の椅子が据えられていたが、まだ無人だ。

藪でかくされた出入口には、フードをかぶった者がふたり、あらたに到着したメンバーをチェックしている。フードつきの長いマントに身をつつんだメンバーが次々に合言葉を告げると、入場が許可され、ナンバーが記録されるのだ。

最終的に三十六人が集まった。全員がフードつきマント姿で、顔をかくしている。自分以外はだれなのかわからない。岩塊で出入口が閉じられるきしむような音がすると、ざわめきが消えた。

参加者のなかからひとりが歩みでて、岩の演壇にあがる。テーブルをうしろにして中央に立った。

「ナンバー十八だ」少年のような声が響いた。「ホログラム技術者のみんな！　前回の集会で決まったとおり、わたしがいまからきょうの講演者四名をくじ引きで決める」

期待が高まるなか、フードをかぶった者たちが壇上の発言者をかこむように半円をつくった。発言者が自分のマントから小型の箱形装置をとりだして背後のテーブルに置くと、完全なる静寂が訪れた。かれがスイッチを押すと、うなり音がかすかに聞こえてくる。メンバーたちのフードでかくれた目が高いところへ向けられた。

岩の丸天井の下、空中に色とりどりの縞模様《しま》が浮かびあがり、それがあるかたちに変化していく。そこから、平面に書かれた明るいグリーンの文字があらわれた。

〝トラカラト・ホログラム技術ホビークラブ〟と読める。

小型装置からきれいな和音が響いたと思うと、発光文字のようすが一変した。単語はそのままで、文字の色が変化すると同時に立体となって格段に明るくなり、洞窟の岩の壁にちらちらと反射した。

もう一度、和音が響いた。文字がたくさんのちいさな玉になり、渦を巻いて乱れる。玉がいくつか映像エリアから飛びだして洞窟壁に衝突し、ゴムボールのようにはねた。

「いまだ！」発言者が岩の壇から叫び、もう一度装置のスイッチに触れた。

ホログラム技術の光景から目をはなせないフード姿の列をつらぬいて、和音が鳴りひびく。すべての玉が決められた場所へと向かいはじめた。その場所が偶然を利用した理論的システムで決められることを、このホビークラブのメンバーは知っている。

最後の音とともに四つの数字がゆっくりと姿をあらわした。六、九、十五、二十二。ほかの三十二名のあちこちから、またしてもくじにはずれてがっかりした声があがる。

フード姿の四人がテーブルのうしろにまわった。かれらが着席がすると、もう一度ナンバー十八が口を開いた。

「われわれは新しいメンバーを迎えた。当会の規約では、新メンバーにクラブの目的を指導することになっている。まずはようこそ、ナンバー三十四、三十五、三十六。確定した講演者のなかで、その指導役を引き受けたい者は？」

三名の手があがった。

「複数候補がいる場合は、規約の第十七章Bにしたがい、数字のもっとも若い者を指名する」と、ナンバー十八が指示した。

「わたしは六だ」と、名乗りをあげた者はずっと奥の右にすわっていた。その声はすこしかすれている。聞くからに若く、声変わりしたばかりのようだ。「わたしが新人を指導する」

だれも反対しなかった。ナンバー十八は席をはなれ、集団にもどった。かれの役目は終わったのだ。メンバーのナンバーは集会のたびに変わり、各集会の最後にくじで新しく決められる。そのさい、あらたな引き継ぎ係も決めることになっていた。この係が、次回の集会で次の講演者四人をくじ引きするのだ。

「ずっと昔、アンティ種族は銀河系でも重要な権力ファクターだった」と、ナンバー六が話しはじめた。「当時バアロルと名乗っていたわれわれの祖先は、多くの過ちをおかした。その超能力を不正なことに使って、身の丈にそぐわぬ権力に固執《こしつ》し、それが原因で失敗したんだ。それ以来、種族固有の特殊能力は退化してきた。われわれの親世代はその力を使おうとも訓練しようともしない。たしかに、宇宙ハンザに関わっているごく少数のアンティがフェルト星系でエレメントの十戒と戦ったときのように、すばらしい潜在能力を見せたりはした。しかしかれらは、われわれのなかにひそむものを体現したわけじゃない」

　年かさのメンバー数名は冷たい床にすわって退屈そうにしている。この手の話はもう聞き飽きたのだ。

「このホビークラブの目的は、超能力をもう一度使えるよう努力することだ。われわれのなかには、自分で漠然と感じるよりも大きな力がそなわっている。われわれひとりでも、団結していても、ほとんどほんものに近いホログラムをつくりだせることは、ナンバー九十八Aと十七Bが証明した。このふたりは残念ながら亡《な》くなったけど。自分たちの創造物の犠牲となり、かれらが死んだことで創造物もまた滅びたんだ。でも、われわることにはっきりした。われわれ、機械でホログラムをつくりだすことには趣味としてなじんでいる。自分が思うように構成してつくりだし、自作を交換したり経験を教え合ったりしている。だけど最近はマンネリぎみだ。われわれの最終目標は、精神力によってホログラムをつくりだすこと」

　集団のなかで、ひとりが腕を高くあげた。新入り三人のうちのひとりであることは、だれの目にも明らかだった。

「わからないんだけど」フードのなかから聞こえる不服そうな声からすると、若い少女だろう。「なぜ、すべてを秘密にしなければならないのかしら」

「趣味のホログラム製作は違法じゃないけど、超能力の使用については法律に規定があるんだ」と、ナンバー六が説明した。「生命を持たない人工物、出版物や絵画などからホログラムをつくることは許可されているが、たとえ半分でも真に迫るようなホログラムは全面的に禁止されている。生きたホログラム、実在の生物や想像の産物から生まれたホログラムはだめってこと。過去においてわれわれの種族がそういうことをしたにちがいない。そうでなければ、こんな法律が存在するはずはないから」

「なるほどね」と、質問者。「でも、わたしはいままで精神力でつくられたホログラムなんて見たことがないわ。まず実現は無理だと思う。この会のことはパンフレットで知り、こっそりやってきたの。ホログラム技術ホビークラブと聞いて思い描いていたのとは違ったけど」

「好奇心をいだいたんだね。それは当然の権利だ。メンバーのほぼ全員が同じようにしてこのクラブにたどりつく。だれでもはじめて参加するときは、ここじゃなくほかの集まりだって、信じられなかったり疑ったりするものさ」

「わたしもそうよ」

「すこしデモンストレーションしてみようか？」

「どうやるの？」

「待ってて！」ナンバー六は立ちあがった。「〝三人組〟を呼ぶよ。いまどのナンバーが割り振られているかわからないから、テーブルの前に集まってもらおう。ホログラム技術者が三人集まるとどうなるか、ナンバー三十五に教えてやってくれ」

「わたしはナンバー三十四よ」質問者が口をはさんだ。「どうでもいいことだけど」

ふたりのフード姿が集団から抜けだした。〝三人組〟の三番めは、きょうくじ引きで当たった講演者だ。ナンバー六の横に立っていたが、ふたりのほうに歩みでた。

若者らしいアンティ三人は手をつないで円をつくり、中央に向けて頭をかたむける。かれらの上で空気がかすかに輝きだした。想像上の光が変化し、ゆっくりとかたちがあらわれる。それは若者に人気のドリンクの瓶のかたちだった。瓶に書かれた文字まではっきりわかる。なかの液体がすこし揺れていた。

「トリックね！」ナンバー三十四が大声でいった。

「こんなことくらいじゃ、昔からのホビー・ホログラム技術者はだまされないでしょう」

「じゃ、なにをつくったら納得させられるか教えてくれ」ナンバー六は冷静だ。このクラブの古株なのだろう。

「わかったわ。では、二日前までトラカラトにはなかったものを出してみて。わたしの親戚が輸入したものよ」ナンバー三十四は勝ち誇ったようにいった。

「それは無理だ。ホログラムは、三人組が知っているものでなければできない」ナンバー六が拒絶した。

「いいえ、だれでも知っている。一週間前からほぼ全チャンネルでコマーシャルが流れているから。クラクセルクラムス＝パノイのフラマク・クッキーよ。ここにいる人は全員、すくなくとも見たことはあるはずだけど、フラマクのデータをホログラム記憶装置に入れておく時間や可能性はだれにもなかったでしょう。ここには記憶装置をかくす場所もないので、機械的にホログラムをつくりだすことは不可能よ。というわけで、フラマクを出してくれたら入会するわ」

三人組のひとりが手を振り、了解の合図を送った。

次の瞬間、クッキーの巨大な一パッケージが全員の頭上に浮かんだ。その直後、パッケージがいくつもの原寸大の缶に変わる。ひとつがナンバー三十四の上に飛んで、ふたが開き、菱形のクッキーが転げ落ちた。ホログラムのコマーシャルとまったく同じだ。クッキーがひとつ、ナンバー三十四の手に飛びこんできた。若いアンティは驚きのあまり、口もきけない。

「召しあがれ！」三人組のひとりが呼びかけた。

ナンバー三十四がそのクッキーを本当に口のなかに入れたとたん、ホログラム全体が消えた。

喝采がわきおこると、ナンバー六が静粛をもとめ、三人組を賞讃した。

「いままで経験したなかで最高のデモンストレーションだ。どうやったのか、ぜひみんなに教えてほしい。じつに真に迫っていた」

「真に迫るなんてものじゃない」ナンバー三十四が強調した。「まさにほんものよ。わたしの手のなかには実物のフラマクがある。おかげで納得したわ」

「しずかに！」テーブルのうしろの講演者がどなった。「もっとだいじなことがある。どうやったのか知りたいんだ。三人組はこちらへきてくれ」

まわりを押しのけるようにして進みでたふたりがナンバー六の横に立った。

「三人めはどこだ？」と、ナンバー六。

ふたりのうちの片方が肩をすくめた。三人組のひとりは混乱に乗じて群衆のなかに姿を消していた。

「ま、いい。では、ホログラム技術者のおふたり」そういってナンバー六は立ちあがり、大げさに手を振って合図した。「なにが起こったのか説明してくれないか」

「わたしはナンバー十一」三人組のひとりが話しはじめた。「説明はできない。わたしはなにもしていないし、なにも気がつかなかったから」

ふたりめのナンバー三十一も同じことをいった。

「つまり」ナンバー六が言葉を継いだ。「このすばらしいホログラムをつくりだしたのは、三番めたったひとりということ。ナンバー九十八Aと十七Bの時代を継ぐ者があわれたんだな。かれが表に出たがらない気持ちも理解できる。時間が必要なんだ。この秘密と能力をいつ披露するかは、かれが自分で決めるだろう」

ナンバー十一とナンバー三十一は群衆のなかにもどっていった。これで全メンバーは、新しい真のホログラム技術者がナンバー九か十五か二十二であることを知った。そのだれかがいま、テーブルについていないのだから。だが、それにさほどの意味はない。会合が終わると各自にべつのナンバーがあたえられるし、それがくり返されれば、真のホログラム技術者がだれなのかはすっかりわからなくなるだろう。

それ以上の追跡はされなかった。

「では、次の講演者にいこう」ナンバー六がわきへどいた。「きみは発言を申しでていたが」

そのフード姿は立ちあがって軽くお辞儀をした。

「いまの状況を考えて、自分のナンバーはいわずにおく。今晩わたしの名はシンプルにXとしよう。真のホログラム技術者を守ることがわたしの義務だ。かれひとりがわれわれの未来の希望だから。みんなもきっとわかってくれるだろう」

好意的なざわめきがかれをつつんだ。

「ここで喫緊《きっきん》の問題について説明したい」Xはつづけた。「この場にいるほとんどの者は、銀河系の最新情報を得ているはず。ペリー・ローダンひきいる無限アルマダが無数の船団に分散され、銀河系の全有人惑星に向かうとの話だ。このあいだにわかったのは、最初のアルマダ部隊のひとつがここアプトゥト星系にくるということ。テラナーはクロノフォシルの活性化になにかを期待して大よろこびしているが、わたしには理解できないし、わたしの両親や親戚や友たちも無条件でそのよろこびを分かち合ったりはしていない。太陽系で熱狂しているのは、宇宙ハンザが同盟を結んでいるごく一部の種族だけだ。つい一時間前に聞いた話では、わが政府が宇宙船百隻からなる護衛艦隊を編成し、サスクルージャー部隊を迎えにいってトラカラトまで同行するとのこと。それだけではない。護衛艦隊はその後、アルマダ第三〇一七部隊の船団と太陽系へおもむくようだ。太陽系はすべてにとって活性化の鍵だから、内部の結束が必要だといわれている」

「すごい情報を持っているな」聴衆のひとりが呼びかけた。「わたしが見たニュースでは、そんな話はまったく出なかったが」

「人より情報が多いことは認める。親族がトラカラトの議員で、アルマダ部隊を迎えるための準備をまかされていて、家に帰ると自分の知識を自慢するんだ。そういう事情だが、内容はたしかだと思う」

「わかった」ナンバー六が発言した。「でも、そのことがクラブとどんな関係があるんだ?」

「われわれはもっと能動的になる必要がある。アルマダの異人たちがテラナーとはまったくべつの計画にしたがっているという可能性だってあるんだ。われわれは先ほど、すばらしい潜在能力を目にした。これがあれば、異人たちをだまして追いはらうこともできる。みんなで協力すれば、ホログラムで巨大な防衛部隊を編成したり、エネルギー・バリアをシミュレーションしたりもできるんじゃないか」

この提案について一時間意見がかわされたが、合意には達しなかった。ナンバー六は妥協案をしめした。異人がどのような行動をとるのか、実際になにをするのか、しばらくようすを見るというものだ。なにかやるにしても、それからでも遅くない。

この提案は満場一致で採択された。

すると、いままで無言だった最後の講演者が口を開いた。かれもまた、自分のナンバーは秘匿《ひとく》した。

「友よ、ホログラムを研究する仲間たちよ」その口調はいささか芝居がかっていた。「われわれ、ごく少数の例外をのぞいて、これまではつねにいまのナンバーに新しいナンバーを無作為に割り振るというかたちで新しいナンバーをあたえてきた。今回は方法を変えるよう提案する。全員が任意の順番にならび、その順でナンバーをあたえ、そのさい古いナンバーは使わないことにするんだ。わたしとわたしの左にいるかれは、自分がきょう使ったナンバーを除外できるので、古いナンバーのうちどれかふたつだけが新しい真のホログラム技術者のナンバーになりうるかわかるからだ。真のホログラム技術者を守るため、それによってこの組織を保護するため、あらゆることをやるのがわれわれの義務だ」

もう一度議論がなされ、全員が同意した。

若いアンティたちのグループが洞窟をあとにしたのはもう夜だった。帰宅が遅くなったことをいぶかしがられないよう、急ぐ必要があった。

仲間のひとりがすごい才能を持っていて、今夜その超能力を使ったのだと、だれもが確信していた……新しい真のホログラム技術者であるひとりをのぞいて。けれども、その当人が考えていたのは、ナンバー九十八Aと十七Bの運命についてだった。

かれは思った。慎重にならなければ。制御不能の生物を産みだしてはならない。すでに計画はある。だが、自分だけの秘密にしないといけない。

5

キノン・キルギスはココ判読者だ。すなわち、ツナミ艦隊のコントラ・コンピュータ専門家ということ。その任務は第一に特殊コンピュータとの通信であり、第二に、ふつうの人間には理解できないココのメッセージを理解可能な言語に翻訳することだ。だが、友や同僚から〝ココのキキ〟と呼ばれているキルギスには、ほかにも多くの能力がある。かれはミニATGのスペシャリストなのだ。ATGはアンティテンポラル干満フィールド生成器のことで、偶数番号の全ツナミ艦に搭載されている。これにより、一秒ないし二秒までの相対未来に姿を消すことができる。

火星生まれのキルギスは五十八歳。さえない外見で、正真正銘の凡人だ。ふだんはまったく人目を引かない。身長百六十六センチメートル、見落とされることもすくなくない。体重もその身長の標準値。髭《ひげ》もないし、髪型も平凡で、いつもライトグリーンの乗員用コンビネーションを着用している。

ロナルド・テケナーが注目したのは、かれがまだ《ツナミ42》乗員だったころだ。

当時キノン・キルギスはその抜群の能力を幾度も発揮し、かれのココのおかげで《ツナミ41》と《ツナミ42》の乗員はきわめて困難な状況から抜けだすことができた。《ツナミ2》のココ判読者が年齢を理由に引退したとき、テケナーはキルギスを思いだして呼びよせた。

キルギスは食堂でミネラルウォーターを飲んでいた。テーブルにはココの遠隔操作端末が置かれている。キルギスいわく、睡眠中もこの装置を手ばなすことはないらしい。いつでもどこでも艦のコントラ・コンピュータとコンタクトできるように。てのひらサイズのモニターふたつの片方には文字列と数列がびっしり表示され、もう片方にはココのカラフルなアイコンがところせましとならんでいた。素人には身の毛もよだつ代物だ。

キルギスは出入口ハッチに背を向けてすわっている。そのハッチを通ってたったいま、ロナルド・テケナー、ジェニファー・ティロン、スリマヴォが入ってきた。

「五、四、三、二」と、キルギスは小声でカウントダウンしている。それから端末のカバーをこつこつたたいて、「失敗したらおだぶつだからな。一、ゼロ！」

かれは立ちあがって振り返ると、到着したばかりの三人に目をとめ、ほっとしたようにほほえんだ。ふたたび腰をおろす。

「いま、なにをしていた？」と、スマイラー。「カウントダウンはココ専門家の仕事じゃないだろう」

キノン・キルギスはモニターのアイコンを指さして、

「わたしが新しく開発した不確実性プログラミングです」と、説明した。「あなたがわたしのもとへやってくる不連続のタイミングを知りたかったので」

「不連続？」テケナーは額にしわをよせた。

「〝正確な〟という意味ですよ、テク。コンピュータの専門用語で。ともかく、うまくいきました。それにしても、時間きっかりですね」

「それは逆だろう、キキ。われわれは自分たちの都合でやってきて、きみのココがそのタイミングを正確にしめしたのだ」

「ええ、まあ」キノン・キルギスはややばつが悪そうにした。「ま、それはどうでもいい。だからミーティングも設定しなかったんです」

「どういうことだ？」テケナー、ジェニファー、スリもシートにすわった。給仕ロボットが注文をとりにくる。三人が注文すると、ロボットは下半身の引き出しから飲み物をとりだした。

「すこし準備が必要でして」ココ判読者はぽつぽつと話しはじめた。よどみなく話すのは不得手なのだ。「ココが通常のポジトロニクスとは違う働きをすることはご存じですね。ふつうのポジトロニクスは既知のすべての事実から出発し、それを基本データと比較して確率を計算する。通常の事例ならば、これは活用できる成果を得るための唯一の合理的な方法です。ところが、ココは逆の前提条件を出発点にします。つまり、つねにすべてを疑ってかかり、きわめて非現実的な理論による前提条件をつくりだす。これは一見したところ無意味に聞こえますが、通常のポジトロニクスが解決できない問題を検証できる唯一の手段です。つまり、それを使わないと気づかないようなことを発見できる。もちろん、ココは不確実性演算によって最後には現実にもどるんですが、時として大当たりを出すことがあります」

「わかっているよ、嘘判定ドクター」テケナーはトマトジュースをすこし飲んだ。「では本題に入ってもらおうか」

〝嘘判定ドクター〟という呼び名は、ツナミ艦隊の仲間内でココ判読者に使われる、一種の非公式名誉称号だ。

「アケローンの警告者の素性について発言した者は、いままでだれもいません。でも、わがココにはそれができる！　その不確実性ボックスから、いくつかヒントをくれましたよ。わたしはすべてを何度も精査し、ココが正しい手がかりを見つけたと確信しました。もちろん、ふつうに考えられる道筋はすべて排除して。ネーサン、十戒、おかしなハンザ・スポークスマンは、括弧の外に出して……そういう表現が許されるなら」

「早く本題に入って！」スリマヴォはキルギスにあやしくほほえみかけ、偶然のようにかれの手に触れた。ココ判読者は狼狽した視線を、テケナーは非難するような視線をスリに送った。

「手に入るかぎりの警告者の予言をすべてココにインプットし、不確実性プログラムをつくらせたんです。完成後に十の質問をしめし、すくなくとも三つ、明確にわかった回答がありました。次にシミュレーションした恐怖のヴィジョンをインプットし、同じ質問をもう一度したんです。その結果が一致したことで、わたしは考えこみました。ひとつ例を見てもらえますか？　完全に理論的には思えないでしょうが、ココのやり方をわかってもらえるかもしれません」

「いますぐ事実が見たいのだが」スマイラーはいくらか不満そうだ。「とはいえ、例を見せるというからにはなんらかの意味があるんだろうな」

「あります」キノン・キルギスはみるみる元気になった。「あなたは《ツナミ2》と全特務艦隊の司令です。正しい決断をくださなければならない。ココは助手にすぎません。さて、注意して見てください。あらたにプログラミングをスタートさせますから。入力したての恐怖のヴィジョンはただひとつだけです」キルギスは二個のセンサースイッチを押した。モニターには、シミュレーションした恐怖ニュースの文面が次のようにあらわれる。

〝《ツナミ2》はコントラ・コンピュータのエラーが原因で二時間後にブラックホール

に突入し、消滅する〃

「そんな！」と、ジェニファー。「これはたんなるシミュレーションです」ココのキキが安心させるように、「調整ずみのフィクションですよ。さて、ココの答えに注目してください。わたしの質問は〝このニュースの作者はだれ？〃です。ココはそれがわたしだと認識できません。そのように調整したので。つまり、違う答えを見つけてくるはずです」

三人は食い入るように遠隔操作端末をのぞきこんだ。赤い文字で書かれた答えが浮かびあがる。

〝恐怖のヴィジョンをつくるよう、セネカがココに依頼しました。ココはわたしで、わたしはその危険を知っているはず。だから、「わたしはそれを知っているはず」が答えです。つまり、セネカがたわごとをいったのです〃

「理解できない」テケナーは白状した。「判読してくれ、ココのトランスレーター」

「すぐに、テク。ですが、もうひとつべつの例を見てください。この恐怖ニュースは〝ロナルド・テケナーがあすジェニファー・ティロンの細胞活性装置を破壊する〃です」

答えは即座に表示された。

〝だれかがココに依頼しました。ジェニファー・ティロンにはげしい恐怖心を起こさせるために〟

「ぞっとしたわ、キキ」ジェニファーは文句をいった。

「あちこち恐怖だらけですよ」キルギスは惑わされていない。「警告者の放送も結局は同じ。わたしがあなたがたに説明しようとしている不確実性演算が、放送の基礎になっているんです」

ココ判読者はあとふたつ、シミュレーションを実行した。特殊コンピュータはそのたび、だれかがココにうながした、あるいはココを利用して恐怖のヴィジョンを作成したと主張した。

「だんだんわかってきたぞ」テケナーが歯のあいだで口笛を吹く。

「なら、これで核心に迫れますね。警告者がココを使ってすべての放送をつくったことは、もう疑う余地がありません。かれの予言はコントラ・コンピュータの不確実性演算にもとづいている。これが三つのうち最初の、そしておそらく決定的な回答です」

「では、ほかのふたつは？」艦隊司令が訊いた。

「ココがいうには、放送はツナミ艦のどれかで製作され、たぶんそこから送られていると」

「ありえない！」ロナルド・テケナーは怒りだした。自分の指揮するツナミ艦隊と五千名をゆうに超える要員を、悪くいわれることは許せないのだ。

「そのとおり」ココのキキは動じずに説明をつづけた。「あなたの視点からは不可能で思いもよらない、ありえないことでしょう。では、なにがココに恐怖のヴィジョンをつくらせたのか？　なにも！　そんなことできない！　だが、事実は違う。それを受け入れるしかありません。そこからどんな結論を引きだすかは、艦隊司令のあなたしだいです」

「第三の回答を聞かせてくれ！」テケナーの声は疲れていた。

「ココは警告者のいちばん最近の放送に影響されることなく、三本矢のシンボルを解釈しました。あなたの認識とほぼ一致します。これでおそらく、最初のふたつの回答も間違っていないと納得されるでしょう。矢は、ペリー・ローダンと人類と宇宙ハンザ全種族の進むべき道をしめします。下方向を向くふたつの道は誤りで、第三の道すなわち第三の決定だけが正しい。この第三の道を象徴するのが、垂直に上をさす矢です」

「精神集中して考えないと」ロナルド・テケナーは立ちあがった。「感謝するよ、キキ。驚異の嘘判定ドクターだ。この件が本当なら、非理論的な因果律の鎖に欠けているリンクを見つけることができる。ジェニー、スリ、司令室へ行くぞ。調査をつづけよう」

キノン・キルギスは遠隔操作端末をわきにかかえ、ミネラルウォーターを飲み干すと、満足げに出ていった。

＊

「ココの常軌を逸した判断を受け入れたら、のこる重大な疑問はひとつだ」ロナルド・テケナーは《ツナミ2》司令室のかたすみにある会議用テーブルにメモのファイルとポジトロン性の〝ニーモ〟という小型記憶装置を置いた。「その疑問とは……銀河系のすべての悪魔にかけて、百二十隻のツナミ艦はいまどこにいるのか？」

ジェニファーとスリはテケナーのそばで身を乗りだしている。ココの考えを《バジス》とテラに伝えたことを知らせてきた通信センター長を、テケナーは感謝しつつ追い返した。

「警告者がわたしのツナミ艦隊となんらかの関係があるなら、その策略を見抜いてやる。まずは現状調査だ」

テケナーは艦載ポジトロニクスとの直接通信をオンにした。現段階でココはもはや不要だ。特殊コンピュータはどっちみち判読者の入力や照会にしかまともに反応しない。

特務艦隊ツナミは新銀河暦の最初の三百年で編成された。公式なLFT艦隊と宇宙ハンザ船団のサブ部隊として構成され、LFTの管轄下にある。長いあいだその存在は秘匿され、ペリー・ローダンとその側近、ハンザ・スポークスマン、LFT上層部にしか知られていなかった。いまも太陽系住民のあいだでは、ツナミ艦隊のことはたいてい噂の域を出ない。時の流れとともに艦隊がたびかさなる成果をあげ、かくしきれなくなってはきていたが。それにはメディア当局の抜け目ないレポーターの功績もあった。

ツナミ艦隊は同タイプの宇宙船百二十隻で構成されている。外観は旧テラ級重巡を進化させた直径二百メートルのスター級巡洋艦と寸分たがわない。

名称は《ツナミ1》から《ツナミ120》まであり、偶数番号の艦はミニATGを所有している。ミニATGは、ウレブから引き継ぎ、太陽系のために二度使用したことがある、かつてのアンティテンポラル干満フィールドを下敷きに開発しなおしたものだ。宇宙船一隻だけを最大二秒の相対未来に移動できる超小型装置の製作は、きわめて複雑で法外な費用がかかるため、ミニATGを六十一基以上つくるなど論外だった。

ツナミ艦は原則として二隻ペアで行動する。ミニATGを搭載しているのは片方だけだが、どちらにも追加装備があり、ATG搭載艦が相対未来に姿を消しても通信や転送機連絡はできる。だが、その有効範囲はわずか三十一・五キロメートル。したがって、ツナミ・ペアはどんな状況でもつねにきわめて近距離で共同作業する必要がある。

複数のポジトロニクスが連結された状態になると、もとの艦載ポジトロニクスよりも強い権限が生まれ、高度の自動化が実現できる。そのため、一隻に必要な乗員はわずか四十二名である。乗員は全員が選ばれて特殊訓練を受けたスペシャリストだ。テラの同盟種族に属する者も多くふくまれている。

連結ポジトロニクスのほか、各ツナミ艦にはコントラ・コンピュータも搭載されている。緊急時にはこれが通常の艦載ポジトロニクスにかわって機能する。

だが、ツナミ艦の兵装は貧弱である。速さと高い柔軟性に重きがおかれているためだ。名づけ親はペリー・ローダンで、海震による津波をヒントにした。ローダンはこの艦隊を銀河系のゲリラ戦で使用しようと考えたのだった。海岸にいきなり高くそびえる津波のように、ツナミ艦は突然ミニATGによって出現する。この不意打ちが決定的な効果をあたえるのだ。

細胞活性装置保持者ロナルド・テケナーが、ツナミ艦隊司令として最初の大規模な実地試験をしたのはNGZ四二六年、銀河系船団がフロストルービン遠征に出発したときだった。

そのロナルド・テケナーがここにきて、はじめて気づいたのだ。ツナミ艦百二十隻がいまどこにいるのか、即答できないことに。

「《ツナミ1》と《ツナミ2》はここだ」テケナーが確認した。「この二隻は警告者の道具から除外できる」

「なぜ？」と、ジェニファーが訊いた。

「もしそうなら、わたしが気づいていたはずだから」と、スリマヴォ。「わたしは眠らないのよ」

「つづけよう」スマイラーは気がせいていた。「3から20までは太陽系近傍防衛のため哨戒している。つねに通信していて、異状は報告されていない。これらも確実に除外できる」

ジェニファーは不満そうに首を振った。異種族心理学者として、全乗員に気づかれることなくポジトロニクスを操作することができる生物がいるかもしれないと考えたのだ。だが、その懸念については口にしなかった。

「ここからはさらにむずかしくなる」テケナーは自分のニーモで一連のデータを呼びだした。「21から100までは、宿敵、十戒のシュプールを探すために銀河系のどこかを航行中。すべてのペアについて、現在ポジションの状況報告が必要だ」

中央艦載ポジトロニクスがデータを出力した。

「21から100までのツナミ・ペア四十組は、銀河系の中心部にほぼ等間隔で分散配備されています。無限アルマダの到着予告に合わせて動きだす各船団に、いずれ追随するものと推測できます」

「詳細を」と、テケナーがうながした。

「最近までイーストサイドでフェルト星系をめぐる紛争に対応していた宇宙ハンザ、GAVÖK、LFTの各部隊は、すでに出発しました。目的地はウエストサイドです。五、六日後には太陽系付近に集合するでしょう。最新情報ではコズミック・バザールのリューベックだけがイーストサイドの拠点にとどまる一方、ノヴゴロドはほかの船団に合流しました。コズミック・バザールのダンツィヒも、エウガウル星系からテラへ向けて出発しています」

テケナーはうなずいた。

「つまり、100までの全ツナミ艦は、もうすぐわれわれの近くにくるということだな」

「それより決定的なことがあるわ」と、ジェニファー。「十戒のシュプールを追っていたツナミ艦は、今回の件とは無関係よ。あの恐怖のヴィジョンは明らかに太陽系から送られてきていた。そして、そこにかれらはいなかった」

「たしかにそうだ、ダーリン」

「でも、1から20まではいた」ジェニファーは強い調子だ。「わたしたちがいる二隻を除外しても、のこり十八隻には、謎に満ちた警告者に協力した可能性がのこる」

「信じられない」スマイラーは首を振りながら反論した。「そんな行為が気づかれないままだとは。警告者はよっぽど抜け目がないんだな。にせの手がかりを用意して、こっちの注意をハンザ・スポークスマン三人に向けさせようとしたことだけでも、それは証明されたがね。でも、きみの異議を受け入れて、極秘に調査するとしよう。これについては艦長たちとごく少数の専門家だけに知らせることにする」

テケナーは通信センターに入り、ツナミ全艦長との個別通信をオンにした。秘密の特殊コードを手短に伝えると、すぐに会議用テーブルにもどってきた。

「さらに調べたわ」と、ジェニファー。「ツナミ艦101から120はセト＝アポフィスの消滅後、宇宙ハンザの特別任務のために派遣されている。いまどこにいるのかをハンザ司令部に問い合わせたわ。当局はあくまでホーマー・G・アダムスの指示だということで、責任逃れしたいようすだった。この任務は、ホーマーによれば、新市場を開拓し、宇宙ハンザに福祉と繁栄をもたらすものらしい」

「よく知っている」テケナーは鼻にしわをよせた。「なんの変哲もないそのフレーズが、わたしを驚かせる。宇宙ハンザの福祉と繁栄……同じことを最近、聞いたばかりだ」

「わたしからよ」と、スリが答えた。「ホーマーの気分を解釈したときに。表現が一致したのは偶然かもしれないけど」

「ふむ」スマイラーはジェニファーがわたしたフォリオを指でたたいた。そこにはツナミ艦101から120のデータが記載されている。「帰還した艦はないのか？」

「まだ一隻も」と、ジェニファー・ティロンが答えた。「すくなくともハンザ司令部はそういっている」

「警告者がネーサンを直接利用していないとしたら」と、テケナーは思案した。「そして、警告者の背後にじつは十戒がいないのだとしたら、まったく新しい要素がこの事件に入ってきているということではないか。それは否定しきれないと思う。ホーマーが派遣したツナミ艦の一隻が警告者の手に落ちていたら、恐怖のヴィジョンが本当にココから出ていることとの合理的な説明がつく」

ジェニファーとスリは黙ってテケナーを見つめた。

ロナルド・テケナーは自分のツナミ・メンバーと相談をつづけた。最後には十八名の艦長と連絡がとれ、異状なしと判明する。これにより、最終的に確信した。キキとそのココが思い違いをしていないことを前提としたら、警告者とつながりえるのは、ホーマー・G・アダムスが宇宙ハンザのために派遣したツナミ艦だけだと。

「異質な力に支配された一ツナミ艦が、だれにも気づかれずに帰還していたのかもしれない」テケナーは考えこみながらもう一度、自分のメモをすみからすみまで見た。「ATGを使えばかんたんだ。そのシュプールを探して確証を得たい。ココのキキには、不確実性ボックスの思考パッケージ全体を提出してもらおう」

それは実行された。通常の艦載ポジトロニクスもすべての事実関係を再検証し、テケナーの論証を判定した。その結果を見て、スマイラーはもうためらうことなく命令をくだす。命令が1から20までのツナミ艦に伝えられた。

一ツナミ艦のかくされたシュプール、またはATGフィールドのエコーを、太陽系で見つけだすのだ。

ロナルド・テケナーはそれが干し草の山から針を探すようなものだとわかっていたが、あきらめようとはこれっぽっちも思わなかった。

6

アプトゥト星系の惑星トラカラトは、その出来ごとに熱狂していた。だが、熱といってもさまざまだ。アンティ政府の公的機関はGAVÖKと宇宙ハンザに忠誠を誓っているため、サスクルージャー人の第三〇一七部隊が指揮するアルマダ船団が予告どおり到着すると、よろこんで受け入れた。

アプトゥトからは百隻の宇宙船が、二百八十光年先までアルマダ船団を迎えにいった。メディアはこの出来ごと一色だったが、それにどんな意味があるのか、多くの一般市民にとって謎のままであった。

トラカラトやアプトゥト星系のほかの惑星の住民たちのあいだでは、熱気よりも心配が勝《まさ》っていた。異銀河種族との遭遇ですでに何度も予想外の災《わざわ》いが生じたことは、歴史が教えている。無限アルマダの出現をありがたいと思っている者ばかりではない。

そんななか、すこし違う熱を帯びたアンティがいた。フォロ・バアルだ。自分の3Dキューブにうつしだされるニュースになによりも熱中しているが、その次に心が動くのは、最近の個人的な事件だった。

気づかれないようにかくしていたが、フォロが驚いたのは隣りにすわっているパシシアのことだ。ほっそりした十六歳の娘は、どうやら本当にニュースに興味を持っているらしい。兄のボネメスにそんなようすはまったくなかったが。

興奮したフォロはチャンネルを次々と変えたが、トラカラトにある放送局はどこも同じ映像をうつしていた。大きい放送局は八つ、ちいさい放送局は数多くあり、そのほとんどがローカル局で、すくなくとも映像を見るかぎり、共通の番組だ。

いまちょうど、百隻の宇宙船からなる護衛艦隊が待機ポジションにいるところがうつしだされていた。そのうちの一隻の映像がフェードインしたのち、ちいさな光点が無数にうつる遠距離探知スクリーンに切り替わる。

艦長のアンティが短いコメントを発表するようだ。何度も咳ばらいをし、神経質になっているのが伝わってくる。

「アルマダ部隊の船団はまもなく最後の一斉リニア段階に入るでしょう。数分で開始されると予想しています。まだ通信は確立していませんが、たったいま表示された遠距離探知映像は、われわれの前提に誤りがあったことを教えています」

「それはどういう意味ですか、ジュイカース艦長?」と、レポーターがつくり笑いでたずねた。くせ毛の頭が3Dキューブにうつしだされる。

「われわれは到着船団の規模に関する正確なデータを持っていません。政府代表は最初に〝サスクルージャー人の第三〇一七部隊〟といっただけで、具体的な数字はあげなかったので。いまあなたの見ている不正確な遠距離探知映像が、はじめてこのアルマダ部隊のおおよその大きさを伝えてくれました」

ジュイカース艦長はひと呼吸して言葉をつづけた。

「それによると、どうやらわれわれは大きく間違っていたようです。というか、まったく想定外でした。この数に対して、たった百隻で歓迎と護衛を実施するとは……」

「正確な数をあげていただけますか、艦長？」と、レポーターがさえぎった。

「正確な数字はわからない。だが、すくなくとも六万隻がアプトゥトに近づいています」

「なんですって？　いま、六万隻と聞こえましたが」ここへきてレポーターも神経質になった。

フォロはソファの上でそわそわとからだを前後に動かし、いつもの〝3Dホロドリンク〟……ニュースを見ながら飲むものを、中身はなんでもそう呼んでいる……に手を伸ばしたが、グラスを何度もつかみそこねた。キューブの立体映像から目をそらすことができなかったのだ。

「そういいましたから」アンティの艦長はそっけない。「まだあります。宇宙船の全長は一キロメートルないし二キロメートル。これでおそらく、あなたも視聴者も、アンティとアルマダ部隊の邂逅《かいこう》がどんなようすになるか想像できるでしょう」

「どんなようすですか?」レポーターはまぬけな感じできさかえした。

「運がよければ、サスクルージャー人がこちらの歓迎委員会に気づくでしょうな」艦長は皮肉たっぷりだ。「まず無理だと思いますが。われわれの百隻など、六万の部隊にくらべたら塵《ちり》のようなものだから」

艦長は次の質問を待つことなく背を向けてしまった。レポーターはわれに返って自分の仕事にもどった。

「では、最初の声明があると思いますので、しばらく地方局にもどします」

しかし、ディレクターの判断は違った。もう新しい映像がとどいていたのだ。歓迎護衛艦隊の一隻、《アプトゥトの庇護III》にトラカラト政府の要人が乗っており、短いインタビューが予定されていた。要人の名はカラム・エグ・エディト、異種族交流担当官だ。

「エグ・エディト担当官」真っ赤な顔をした女性レポーターは額に汗をかいていた。「インタビューをご快諾くださりありがとうございます。視聴者のみなさんがいちばん知りたいのは、ジュイカース艦長がいった六万隻のアルマダ部隊のことです。ではどうぞ!」

カラム・エグ・エディトは政府の一員であることをしめす深い赤色の襞《ひだ》のようになった襟をととのえ、撮影カメラのほうに向きなおって話しはじめた。

「非常に久しぶりに宇宙船に搭乗することになり、心からうれしく思っています。みごとなアプトゥト星系を、われわれ種族の幸福のために危険や苦労をいとわない勇敢な宙航士の視点から眺めるのは、何度体験しても格別です。このすばらしい映像を紹介するのに、きょうという日は最適でしょう。われわれ、選び抜かれた比類ない客人がはるか遠方からくるのを待っているのですから。われわれの友であり、テラナーのペリー・ローダンの同盟者である無限アルマダが、銀河系にやってきます。アンティ種族には、もろ手をあげて迎える準備ができています。心からの友情をこめて歓迎しましょう」

エグ・エディトは自分の言葉に満足したように口を閉じた。

「ジュイカース艦長は六万隻の宇宙船といいました」レポーターが担当官にもう一度たずねた。「この数字はちょっと驚きです」

「そうですね。この数字で思いだすのは」カラム・エグ・エディトはもったいぶって答えた。「わたしが大学で勉強した四つめの専門である生物学です。われわれ種族が長い伝統を誇る惑星アプツラドには、たとえば多種多様なアリがほぼ八百四十億四、生息しています。この数字を聞いて、とくにそれが不正確だからといって、不安になりますか？　だれかを招待しておいて、いっしょに連れてくる子供の数は訊かないでしょう」

あきらめ顔のレポーターはそれ以上質問しなかった。《アプトゥトの庇護Ⅲ》からの中継があっさり終わったからだ。

「アルマダ部隊はリニア空間に消えました」姿の見えないアナウンサーが告げた。ほかに適当な映像がないために、なにもない宇宙空間がうつしだされた。それが宇宙のどこなのか、星座で判断できるのはひと握りの専門家だけだろう。

興奮した声が背景から聞こえてきた。数秒間、さまざまな色が3Dキューブのなかで渦巻き、そこへ放送局の信号音がくわわった。

「あらわれました！」女の声が叫んだ。

映像がうつしだされた。アプトゥト星系や銀河系のどこかにいる視聴者も、再物質化の近傍にいるかのように魅了される、ものすごい光景だ。

アルマダ部隊の宇宙船が中間空間から一団となってあらわれる。最初の三百隻か四百隻は巨大な円盤で、直径二キロメートル超、厚みは三百メートルほど。突起のような大型ドームが円盤の片面を飾り、そのかたちは巨大な車輪のスポークを思わせた。もう片面は完全に平坦である。駆動システムがどこにあるのかはわからない。

車輪形の船は正真正銘、アインシュタイン空間を進んでいる。どの船もほかと平行にはならんでいない。この映像は混沌とした印象をあたえたが、同時に整然として、見る者を魅了した。比較的近いところにある、銀河中枢部の数百万の星々の光が、冷たい船体に反射してありとあらゆる色彩のニュアンスを見せていた。

最初に到着した船が堂々と航行するところに、後続の船がつづいた。レポーターは無言のまま映像を中継していた。おそらく適切な言葉が見つからないのだろう。

到着の第二波は、宇宙船の数が何倍もあった。タイプは同じでサイズだけが違い、車輪の直径は五百メートルから三千メートルと幅がある。数秒以内に、さらに数千隻の船が到着した。

大船団の全貌を撮ろうと、中継のカメラが大きく引いた。レポーターは無言のまま、しずかな天球の音楽が流れるなか、大型と超大型のホイールが色彩を微妙に変えながら進んでいく。数隻がかなりクローズアップされたため、その映像が3Dキューブから飛びだしてくるように見えて、フォロは思わず身を縮めた。

「ばかみたい」と、パシシアがいう。その声で、父親は現実世界にもどった。もう一度飲み物に手を伸ばしたが、こんどはグラスを倒してしまい、飾りのついたビニールクロスが汚れた。液体はテーブルの縁までひろがって床に垂れた。

「ちくしょう」フォロは自分の失態を一瞥《いちべつ》しただけで、すぐにキューブの圧倒的な光景に目をもどした。

到着した宇宙船はいまや想像を絶する数になっている。ジュイカース艦長が口にした数がすくなすぎたと思えるほどだ。アルマダの艦船はさらに大型で、数も多く、タイプもさまざまだった。いまうつっているのは黒い転子《ころ》状で、円錐形の骨組みのあちこちが膨《ふく》らんでいる。明るい黄色の立方体がついていて、その角から長さ一キロメートルほどの細い〝鞭《むち》〟が伸びて揺れていた。まだまだたくさんの船がリニア空間から物質化する。

混乱はしだいに秩序をとりもどしていった。同じタイプの艦が隊列を組み、梯陣を組んで小部隊を編成する。さらにはっきりしたことがあった。突起のついた車輪形の宇宙船が、数の上で大勢を占めている。これがサスクルージャー人の指揮する本来のアルマダ第三〇一七部隊だと類推できた。

それを確認したレポーターが告げた。

「《アプトゥトの庇護Ⅲ》に切り替えます。トラカラト政府を代表し、異種族交流担当官カラム・エグ・エディトがアルマダ種族とはじめて通信します。数秒後に現場からお送りします」

カラーの縞模様がキューブにあらわれ、中性的な声が響いて、無限アルマダとは無関係なかたちをつくりだした。

受信装置から空想の生物の笑い声が響き、クッキー缶とクッキー箱を高くかかげ、甲高い声で叫んだ。

「ぼくらクラクセルクラムス＝パノイが食べるのはフラマクだけ。特別なクッキーだからね。有名なアンティのジャマスも同じさ。おいしいフラマク、きみはいつ食べる？」

画面の切り替えがすばやくおこなわれたので、最初の言葉はコマーシャルの質問に答えたかのようだった。

「通信が確立したら、もどってくる」

その声はカラム・エグ・エディトだ。《アプトゥトの庇護Ⅲ》に乗っているべつのレポーターの問いに答えたのだが、質問は聞きとれなかった。

パシシア・バアルは大声で笑った。父親は無言だ。いまは映像だけが放送されている。エグ・エディトは《アプトゥトの庇護Ⅲ》の司令室を歩いていた。画面がまた切り替わり、通信室へ向かうところがうつしだされた。トラカラト政府代表のあとに、たくさんのレポーターと乗員たちがつづいている。

黄色いマイクロフォン・リングがエグ・エディトの口もとにあらわれた。メモを一瞥し、キューを受けて猛然と話しはじめた。

「アンティを代表し、無限アルマダの人々を歓迎します。われわれの歓迎委員会は、規模はいくぶんひかえめですが、心からのご挨拶を申しあげます。ともに目的地テラに向かうまで、どうぞくつろいでください」

期待に満ちた静けさが訪れた。だれもが返事を待っている。そのあいだにレポーターが、このメッセージがあらゆる既知の言語で同時に送られたこと、七百五十の一般通信チャンネルと八千三百七十九のハイパー通信チャンネルで放映されたことを説明した。

返事はこなかった。もう一度エグ・エディトが挨拶をくり返す。そのあいだにも、芥《け》子《し》粒《つぶ》ほどの歓迎護衛艦隊の周囲で、八万五千隻のアルマダ艦船が物質化した。

　とうとう返事がきた。映像なしの中継だ。

「ハエを追いはらえ」暗い声だった。「じゃまだ。アルマダ王子ナコールもペリー・ローダンも、遅れることを望んでいない。わかったな？」

　数秒間、沈黙が支配した。抜け目ないレポーターの、驚いたような度を失ったような顔がうつる。

「そういうことなのね」と、パシシアがいった。「もううんざり。部屋にもどって趣味に没頭するわ」

　フォロが娘を見る視線は3Dキューブの映像と同じように混乱していた。

「なんだって？」そう訊いたときには、もうパシシアは立ちあがっていた。

「だから」と、いいかけたパシシアが、棒立ちになる。

　受信装置の台座から明るい火花が出たのだ。映像はグレイの埃《ほこり》に変わったと思うと、完全に消えてしまった。きしむような音が部屋いっぱいにひろがった。

「だから、バアル家でのホログラム・ニュース中継が終わったのよ」と、赤毛の娘が断言し、満足げな笑みを薄い唇に浮かべた。セミロングの髪を肩で揺らすと、おもしろそうに父を見つめる。

「生意気いうな」大声とともにフォロがこぶしでテーブルをたたき、倒れていた3Dホロドリンクのグラスがはねた。「キューブはまだ新品同様だ。七千九百九十九ギャラクスもはたいたんだぞ。〝半銀河系〟とまではいわないが。キューブがこれほどかんたんに破裂するとは思わなかった。これでは、アルコンやハルトやアコンやルスマでなにが起こったのかわからない。ひどい話だ」

「いま知ったことだけで充分じゃないの？」と、パシシアがたずねた。

フォロは答えなかった。ひどく怒った顔で立ちあがり、映像通信装置の接続部を見にいった。ふだんは3Dキューブから通信したい相手に接続できるのだが、いまは〝死んで〟いる。

「販売会社のメンテナンスサービスに連絡だ」いらいらしてつぶやいた。「番号はどこだろう？」

ドアベルが鳴った。

「お母さんはグレイザおばさんのところよ」と、パシシアは故障した3Dキューブを見つめたままいった。「お父さんがドアを開けてよ。わたしはのこっているニュースを見るから」

フォロは、いつもならパシシアが侮辱だと受けとるような身振りをしたが、娘はくすっと笑っただけだった。

数分もたたないうちに、フォロがロボット一体を連れて部屋にもどってきた。「当社はこの3Dキューブの故障を予測していました」と、金属製マシンがいう。「そこで、万一にそなえてわたしを修理に派遣したのです」

フォロは疑り深い目で見ただけで、なにもいわなかった。パシシアは修理が終わるまで待っていた。ようやく入ってきたニュースによると、アンティとアルマダ部隊とのあいだに直接のコンタクトはなかったらしい。船団はアプトゥット星系へ向かう次の段階に進んでいるという。

ロボットと娘が部屋を出ていくと、フォロ・バアルはふと思いついて立ちあがった。通信装置にキューブ会社の番号を入力し、修理ロボットをすみやかによこしたことに礼をいう。

だが、どうも埒《らち》が明かない。先方はそのことについてなにも知らないというのだ。なにが起こったかを説明しても、まともにとり合わない。相手の説明によると、NGZ四二八年現在で最高のサービスをもってしても、3Dキューブの故障を数日前に予測する手段はないとのことだった。

フォロはもうどうでもよくなった。誤解をわびて接続を切ると、自分の好きなことにもどった。

無限アルマダの船団がアプトゥット星系に！　すごいことだ！

ハルト人、アコン人、スプリンガー、アルコン人のもとにも、ほかの部隊がいる。アルコン人！　と、フォロは考えた。不死者アトランはいったいどこにいるのだろう？　長いあいだ消息を聞かないが、メイセンハートがきっとシュプールを見つけるにちがいない。ところで、修理ロボットの件だが、どうも腑に落ちない……

フォロはしばらく考えこんだ。だが、最新情報が飛びこんできたとき、説明のつかないハプニングの記憶は吹き飛んでしまった。

倒れたグラスやこぼれたジュースにぶつくさいうミルタクスの小言もうわの空で、いままで妻がどこへ行っていたのかも、ボネメスがどこにいるのかも訊かない。

アルマダ部隊がアプトゥト星系に到着したのだ。波瀾ぶくみのニュースが送られてくるにちがいない。そのほうが重要だった。

フォロは夕食も手につかなかった。それよりも、アルマダ部隊の存在がアプトゥトの巨大な赤色連星の放射を〇・〇七パーセント減らしたことや、それが農耕や牧畜に影響のないことなどを聞いていたかった。

自分をふくめたアンティの心理がどんな影響を受けているか、考えることはまったくなかった。３Ｄキューブの放送も、そんなことにはいっさい触れなかった。

7

ロナルド・テケナーは小生意気なスリマヴォを追いはらおうとした。スリがぱっと振り向いたところに、若い通信士がやってくる。その男は驚いて飛びあがり、あやうく黒髪の少女を突き倒しそうになった。スリははっとして身を引いた。

それと同時に、ココのキキが《ツナミ2》の司令室に駆けこんできた。男ふたりが同じ時間に細胞活性装置保持者のところへやってきたのだ。

テケナーが命令するように両手を高くあげる。通信士とココ判読者は一瞬、顔を見合わせ、同時にいった。

「お先にどうぞ」

「いや、きみが先だ」キノン・キルギスの反応のほうが早かった。「まずはいいニュースから」

「だったら、きみだろう」と、テケナーがキキをうながす。

「不確実性演算ですよ」判読者が勢いよく話しはじめた。「警告者のシュプールは不確実性にもとづかないと見つかりません。ココはたとえプログラミングの最後に現実にもどっても、蓋然性は持たないのです。ただし、宇宙ハンザの基地があるアケローンに関する調査が間違っていたら、話はべつですが」

スマイラーはその意味を理解した。警告者の放送局はアケローンの名で知られているが、その名のついたアステロイドが火星と木星のあいだの小惑星帯にあるのだ。もちろん、とっくの昔に調査したが、手がかりは見つかっていない。

「なにもないのだから、なにも見つかりません」ハンザ司令部でこの調査を指揮したアデレードはそう表現したもの。

「つまり、わたしは悪いカードを持っているわけだ」と、テケナー。

「違うわ！」スリマヴォが割りこんだ。通信士をにらみ、〝不作法な人ね〟とつぶやいたが、怒っているようには聞こえない。「いいカードを持っているのよ、ロニー」

「ロニーとはだれだ？」と、テケナーが訊いた。

スリはそれを無視し、すぐに本題に入った。

「この若い通信専門家は、すこしばかり頭が混乱しているの」スリは通信士の手から書類をとりあげた。男はなすすべもなく立っている。

「混乱させたのはだれ？」ジェニファー・ティロンは笑った。「自分で蒔《ま》いた種は自分で刈りとれ。この古い教訓を、コスモクラートのちいさな具象もしっかり頭に入れておくべきね」

「不確実性が生じたわ。偶然か、それともテラ技術が功を奏してか」スフィンクスはジェニファーのからかいを無視した。「《ツナミ17》がシュプールを発見した」

「きみはテレパスか？」テケナーはスリの手から書類をとる。

「いいえ」スリマヴォはまじめな顔で、「もちろんいつでもゲシールやヴィシュナと思考コンタクトできるけど、それ以外はだれともしない。ローダン夫人のゲシールだって、やろうと思ってそうできるわけじゃないの。わたしは感情振動を受けとってわたすだけ。それでこの書類がいいニュースだってわかるし、読むこともできる。だから、この不作法者がテクにわたそうとした紙切れに、なにが書かれているかわかったわ」

テケナーはざっと目を通した。

《ツナミ17》の専門家たちは、パートナー艦《ツナミ18》の全通信システムが非作動になったため、異例の実験をした。ミニATGフィールドで消えたツナミ艦とのあいだに通信ブリッジを構築したのだ。技術的システムに関していうと、これは時間差の克服がベースとなる。通常、こうした実験ではなにも起こらない。《ツナミ17》は今回、ケレス付近で小惑星帯を横切ったが、まったくコンタクトできなかった。だが、受信システムは、通信確立に必要な前提条件となるアンティテンポラル干満フィールドが存在することを、はっきりとしめしていた。空間的な探知はできなかったが、それでもそこにあるのだ！

ひらたくいうと、火星と木星のあいだ、かつての惑星ツォイトの残骸数千片が漂うゾーンのどこかで、なにかがＡＴＧのバリアの陰にかくれているということ。

テケナーはこの結論を声に出して読んだ。

「なんだと思う？」と、ジェニファーがたずねた。

「ツナミ艦だ」テケナーは無意識に、かの有名な微笑を浮かべていた。「われわれのツナミ艦だ。警告者め！　きっと探しだすぞ。かれは相対未来にいるのだ。こちらもそこに行って、絶対に捕まえてやる！」

即座に正確な指示が飛んだ。

「あなたも行って仕事をして」スリマヴォがまだ動揺している通信士にたのんだ。「いつか大人になったら、わたしをたずねてきていいわ」

＊

ロナルド・テケナーは、緊急事態にすぐ対応できるよう待機するツナミ・ペアふた組をのぞき、出動可能なすべての特務艦に小惑星帯へ向かうよう命じた。《ツナミ１７》がつかんだ漠然としたシュプールを明確にして追跡できるかどうかに、すべてがかかっている。

《ツナミ2》は目標宙域にわずか数分で到着したが、スマイラーはこの時間を使って、銀河系で起きた直近の出来ごとについて情報を集めた。よろこばしいことに、エレメントの十戒のあらたな活動は認められない。すべての情報は無限アルマダの到来や分散、アルマダ種族と銀河系住民とのはじめての邂逅に集中していた。

アンティのアプトゥト星系では、すべてがスムーズに運んだわけではないようだ。巨大な輝く球が複数、トラカラトの一都市上空に出現したらしい。それがサスクルージャー人の部隊だという証拠はなく、コンタクトも成立しなかったという。だが、その原因はアンティではないようだ。

ハルトとアルコンでのはじめての接触はつつがなくおこなわれた。アルマダの最初の船団が太陽系に向かったことを確認したテケナーは、満足げだった。アルマダ・ショーのあと、たいていの人々が無限艦隊への憧れを強めている。テケナーはそれとは違い、さほど大きな憧れを持ったことはない。だが、このエピソードがテラや銀河系の歴史においてポジティヴな結末を迎え、無限アルマダがその本来の目標に到達することを望んでもいる。

それでも、多くの人が説明のつかない異郷への憧れ、つまり〝星々の誘惑〟を感じているという報告を読み、不思議に思った。

「そういった憧れは千六百歳を超える老テラナーには理解不能だね」テケナーは笑いな

がらジェニファーにいった。「宇宙のことはもう腹いっぱいだ。わたしが引きつけられるのはきみくらいだよ」

「それと小惑星帯でしょう」ジェニファーはそう反論して、テケナーに最新の状況を思いださせた。「目的地に着いたわ」

《ツナミ17》のATGフィールド・リフレックスはポジティヴ。ほかの複数の宇宙船からきたシミュレーション通信の助けで、〝推定物体X〟にすみやかに接近して位置を特定できた。

十数回の三次元方位測定を重ねるうちに、目標宙域の直径が五百キロメートルをわずかに超える程度だとわかった。ミニATGを使ってくわしく探すにはそれで充分だ。なにかが最初の一秒と次の一秒とのあいだのどこで確実に見つかるか、おのずと明らかになるはずである。

《ツナミ2》が非常に低速で目標宙域に入る。このあいだに《ツナミ1》との通信／転送機ブリッジが構築されていた。べつのツナミ艦が、算出された直径五百キロメートルの球の外で待機ポジションに入る。

すばやく実施された探知で、この宙域に八百ほどの小アステロイドと九つの大アステロイドがあることがわかった。その形状は不規則で、最大のものは全長ほぼ十キロメートル。艦載ポジトロニクスのデータを見ると、ツォイトの大きめの断片には番号がつけられているが、そのほかはとるにたりないあつかいだ。

「警告者がここに過去いたか、あるいはいまもいて、本当にツナミ艦を手に入れているのだとしたら」ジェニファー・ティロンがアステロイドを眺めながら推論した。「時間的に相対未来にかくしているだけでなく、空間的にもかくしているでしょうね。怪しいのは大きいアステロイドだと思う」

テケナーはうなずくと、

「防御バリア展開」と、命じた。「ATG、オン！　一秒の相対未来に進み、次いで低速で慣性飛行する。そのさい、探知フィールドのリフレックス値は正確に《ツナミ1》に追尾される。われわれが双子艦に時間的に近づいたとたん、オーヴァラップ作用が生じると想定され、《ツナミ1》ではエネルギー・エコーの障害が引き起こされるだろう。それにより、こちらが正しいテンポラル値に達したことを見きわめられる。

そうなった場合、《ツナミ1》はただちに警報を発するので、《ツナミ2》は停止する。その後、正確な時間値にもとづいた密な捜索をわれわれ自身で実施する」

《ツナミ1》が命令を復唱した。

《ツナミ2》では、モニター上のすべての表示が一瞬消えた。これは時間跳躍が実施された場合に不可避の副次効果なのだが、同時にうまくいった印でもある。艦の中心部にあるミニATG装置が鈍くうなり音をあげ、心をおちつかせてくれた。

「一秒先に到達しました」テケナーのもとに報告がきた。

「通信は問題なし」《ツナミ1》艦長が報告した。「転送機テストも成功です」

ATGを使いはじめたころはしょっちゅう副次効果が起こったし、重大事故が発生したことさえあった。そのときから、未来へジャンプするさいには毎回、ルーチン作業によるチェックがおこなわれる。

ロナルド・テケナーは待った。その目は休むことなく、艦載ポジトロニクスが複数のモニターに表示する値《あた》いの変化を読みとっている。テンポラル値のカンマ後の数字がどんどん大きくなっていった。一・九〇に達したとき、テケナーはそわそわしだした。

「なにか確認できたか？」《ツナミ1》にたずねた。「いまちょうど一・九になったところだが」

「残念ながら、テク。すべてのリフレックスは動きません。われわれ、この方法を過大評価していたのかも。あるいは、そちらが物体Xから遠くはなれすぎているのか」

「一・九八」すこししてスマイラーがいった。「一・九九。中止して引き返すことも可能だ」

「ストップ！」《ツナミ1》から聞こえた。「つづけてください！　エネルギー・レベルでなにか起こりました」

テケナーは部下たちに了解したことを手ぶりでしめした。

「二・〇に到達！」艦載ポジトロニクスがわめくように報告した。「限界値です。安全スイッチ・シグマ四が働いたため、これより未来には行かれません。ATG装置の負荷は正常値を七十パーセント上まわっています」

「テク！」《ツナミ1》の艦長が呼んだ。「もうすこしです。エコーがはっきりしてきました。あと二、三ミリ秒、未来へ行かなければなりません」

「冗談はよせ！」スマイラーは毒づいた。「もう二・〇だ！」

「キルギスなら、ひょっとするとヒントをくれるかも」ジェニファーが思いついた。

彼女が呼ぶと、ココ判読者はすぐにやってきた。テケナーが状況を説明し、最後にこういう。

「向こうがシグマ四のロックをはずして二秒以上進んだのなら、われわれだっていけるんじゃないか？」

「原理的には可能です」ココのキキは答えた。「ATG装置はある程度の時間なら持ちこたえられますから。ですが、せいぜい二、三時間でしょう。そのあとは自動的に現在時間に復帰します。それによるマイナスの影響については、わたしのココでは計算できません」

「つまり、向こうはわれわれがくることに気づいたんだな」テケナーの顔に、例の微笑がもどった。「相対未来の最終時点に身をかくしたんだ。自分から出てくるまで待つこともできるが、時間がかかりすぎる。シグマ四のロックをはずしてくれ、キキ。いますぐ捕まえたい！」

すぐに《ツナミ2》はさらに数マイクロ秒、相対未来へ進んだ。ATG装置がうなりをあげる。艦載ポジトロニクスが警告を出しつづけたが、専門家のひとりがとめた。《ツナミ1》との通信が弱まりはじめ、転送機コンタクトがたちまち崩壊する。

「散乱フィールドによる障害が限界に達しました！」ひどくひずんだ声が《ツナミ1》から送られてきた。「ATGをとめてください！」

値いが二・〇〇二五になるとミニATGはストップした。装置が聞いたこともないうなり音をあげるが、二時間なら危険はないと、技術者が乗員たちをなだめた。

テケナーは操縦士に指示し、捜索宙域を高速飛行させた。艦のすべてのセンサーが、見慣れないシグナルがないかと探る。

「このブロックのうしろよ」スリマヴォが突然そういうと、大きな一アステロイドを指さした。「はっきりしないけど、なにかを感じる」

操縦士はその言葉にしたがった。数秒後、スリは岩塊の幅ひろい割れ目のなかに物体Xを見つけた。

ロナルド・テケナーが立ちあがって悪態をついたので、スリも思わず口を滑らせた。

「ちょっと、テクったら」

もう疑いようがない。アステロイドの岩塊のあいだにはさまっているのは一ツナミ艦だ！

目立たないよう上極ドームにとりつけられたコード・パターンをポジトロニクスが解読し、こう告げた。

「物体Xは《ツナミ114》と判明」

「乗りこむぞ」ツナミ艦隊司令が決断した。

「なら、わたしもいっしょに」と、ジェニファー。「あなたのことに注意をはらう人が必要だもの」

テケナーはうなずいた。

「テクが本当に必要なのはわたしよ」スフィンクスが割りこんだ。「あなたたちの感覚じゃわからないなにかが、あそこにはある。正確になんなのかはまだわからないけれど。わたしの助けがなかったら、たぶんほとんど気がつかないと思う」

「戦闘服を着用しろ」テケナーは指示した。「エアロックBは準備が完了している。三分後に下艦だ」

ヘルメットをかぶりながら、ふとココ判読者キノン・キルギスと目が合った。

「でかしたぞ、嘘判定ドクター！」そう声をかけた。

8

フォロ・バアルは不安のあまり震えて、何度も叫んだ。とうとう、ミルタクスが部屋に駆けこんでくる。

「そのばかげた箱を消して！」妻がひどく怒ってわめきちらした。「そんな興奮しないでよ。くだらないことに、いちいち振りまわされないで」

「わかっているのか、これは恐ろしい現実なんだぞ。おまえがのんびりニンジンを洗っているうちに、トラカラトがサスクルージャー人だらけになるんだ。いっしょにこい！」

フォロは妻の手をつかんで家から引きずりだした。外に出て丘に駆けあがると、ユトラクの町が見おろせた。

「これが現実だ」分別を失ったかのように叫んだ。「3Dキューブのなかの話じゃない！　あれはサスクルージャー人だ。トラカラトが侵略される！」

ミルタクスは言葉を失った。ふたりが見たのは、充分に不安をあおる光景だった。

千隻ほどの宇宙船がユトラクの上空に飛来し、強力なライトが建物群を照らしていた。円盤形の船の下半分から、赤く燃える球が次々にあらわれ、ゆっくりと地面に向かって漂ってくる。この球が到達したところは火事か爆発が起きたようになって、周辺の数メートル範囲に黒いしみをのこしていた。ひどく破壊された場所もある。

「平和目的じゃない」と、フォロは毒づいた。「予感はあった。ゆっくりとわれわれを殲滅《せんめつ》するつもりなんだ。まるで特別なゲームでも楽しむかのように。恐ろしい。わがほうの艦隊がなぜ介入しないのか、さっぱりわからない」

「これほどの多勢に無勢で、なにができるというの」ミルタクスは考えこんだ。「そういえば、子供たちはどこにいるのかしら？」

「わからない。おいで、家にもどろう。政府がなにをいうか、聞いてこの目でたしかめたい」

ローカルニュースが流しているのはどれも似たりよったりの内容だった。ユトラクがある北半球では、全都市の上空にアルマダ部隊の宇宙船があらわれていた。現時点でアルマダ部隊はアンティのだれとも公式の接触はしていない。到着した大船団はアプトゥト星系のどこかにいるが、そこからは目立った報告がないため、ニュースの内容はユトラクと、ほか北半球の中都市七つで起こった出来ごとにかぎられていた。

光る球がどんどんあらわれ、おだやかだが絶え間なく破壊行為をしている。人々は最初、この奇妙な構造物がサスクルージャー人そのものだと考えたが、赤い火の玉が地面に触れたとたんに壊れるのを見てようやく、これは武器かマシンにちがいないと考えた。あらゆる防衛行動もすべて失敗した。火の玉をとめられるものは皆無《かいむ》だった。

フォロは、議員の公式声明が出ているチャンネルをやっとのことで見つけだした。

「われわれの客は恐ろしい間違いをおかしています。かれらの行為は、もしかしたら挨拶の儀礼に類するものかもしれませんが、すべては不明です。全住民にお願いします。火の玉には近づかないように。命に関わります！　われわれは引きつづき、平和的接触をめざします。また、GAVÖK代表に救援を依頼しました。宇宙ハンザにも伝えられるはずです。どうか冷静に！　われわれは全力で問題解決にとりくんでいます」

ボネメスがやってきて、訊いた。

「パスを見なかった？」

「部屋にいないの？」と、ミルタクス。

「いない。ぼくは出かけるよ。今晩、友と約束してるから。遅くなるかも」

「いま出かけるなんて、だめよ……」ミルタクス・バアルは飛びあがって息子に駆けよった。どうしていいかわからず、3Dキューブの映像を指さす。そこにはふたたび火の玉の光景がうつしだされていた。

「そういわれても。もう行かないと」ボネメスは母親を軽く押しのけると、振りきって出ていった。

「フォロ！　なんとかして！」

だが、フォロはなすすべもなくキューブと妻と、ボネメスが出ていったドアを見つめるだけだ。

「これはまだ第一波にすぎない」火の玉を見ながらフォロはうめいた。「脅しているだけだ。かれらがまともな武器を使ったら、どうなることか！　そうなったら破滅だ！」

＊

三人は下極エアロック付近に着いた。ロナルド・テケナーがエアロックの自動開閉装置を操作する。だが、なにも起こらない。

「しかたない。機械的に開けよう」と、ジェニファー・ティロンとスリマヴォに告げた。

「114と通信不能です」《ツナミ2》が知らせてきた。

「それも予想していなかった」テケナーは外側ハッチのロックをはずした。大人の背丈ほどの鋼製ハッチがゆっくりスライドする。内部照明が点灯しなかったので、スマイラーは自分のヘルメット・ランプを使った。

「よし。行くぞ！」最初にテケナーが入ると、すぐに艦の人工重力がからだを下へ引っぱった。すくなくとも反重力はまだ作動している。

三人で力を合わせて外側ハッチをロックした。内側ハッチも機械式の非常用システムを使って開けなければならない。ボタンを押しても反応しないから。

「気をつけて！」スフィンクスが警告した。「オーラを感じる」

内側ハッチがスライドして開くと、テケナーはコンビ銃を抜いて、用心深く鋼製の敷居を一歩踏みこえた。ここにも照明はなかった。

「幽霊船ね」ジェニファーがしっかりした声でいった。

「違うわ」スリが反論した。「生命体がいる。ただ、どこにいるのかはわからない。この分野では、わたしの能力はたまにしか働かないのよ」

テケナーはもうためらわず、エアロック室を急ぎ足で横切る。そこに反重力シャフトがあった。明かりを照らしてくまなく調べた。

「争った跡があるわ」ジェニファーが側壁を指さすと、なかば溶けた個所があった。床には金属とプラスティックの破片が散らばっている。大きなかけらをひろいあげ、細かく観察した。

「冷えてからだいぶ時間がたっている。なんのかけらかしら？　見たことがないわ」

「わたしはまったく違うことを考えた」テケナーの唇がぴくっと動いた。「乗員はどこだ？　四十二名いるはずだが」

「まだここに三人はいる」スリマヴォは超能力を使うときに特有の、首をかしげる動作をした。「異なるオーラ発生源の位置をすくなくとも三つ、特定できたわ」

「方向は？」と、テケナーがたずねた。

「あぶない！」ジェニファーの叫び声が重なる。

輝くビームが二条、音をたてて頭上をこえていった。テケナーもすばやくわきへよけ、スリは反重力シャフトの入口にかくれた。

エネルギー・ビームが一瞬だけ空間を照らしだした。百戦錬磨のスマイラーにとって、状況を把握して応戦するにはその一瞬で充分だった。

光の反射のなか、部屋の暗いかたすみにロボット一体の堅固なボディが見えた。テケナーの頭脳はその危険に気づいただけではない。ロボットの無骨な輪郭から、テラ製ではないことをすぐに察知した。こんなモデルはまったく見たことがない。

テケナーは倒れながらもコンビ銃を発射。エネルギー・インパルスが相手の金属ボディに当たり、防御バリアが燃えあがる。ロボットはわきによろけてテケナーの射程範囲からはずれた。テケナーは体勢を立てなおすほうが先で、うまく狙いを定められなかったのだ。

そのとき、スマイラーの背後から短いビームがはしり、ロボットの頭部に命中した。頭を失ってだらりと力の抜けた胴体が、大きな音をたてて床に転がった。

「ありがとう、ジェニー。あぶなかったよ」テケナーは立ちあがり、周囲を照らした。

もう危険はなさそうだ。

「どういたしまして」ジェニファー・ティロンは返事しながら、すこしとまどって、

「でもね、わたしが撃ったんじゃないの」

テケナーは驚いて振り返った。

「撃ったのは、男と見たらいいよる幼稚な小娘よ」スリマヴォがケースに武器をしまいながら、気のない返事をした。「ロボットがいるのは気づけなかったけど、ここにいる三人がツナミ艦隊の要員じゃないのはわかったわ」

「どこにいる？」テケナーは反重力シャフトの機能を点検した。すべて問題なく、正常に機能するように見える。

「それはまだわからないわ、テク。でも男がひとりいる。もしかしたら、わたしに夢中になるかも？」

「こんなときにばかげた冗談はやめてほしいね！」

「わたしはまったく真剣よ。そうじゃなきゃ、どうやって大人になるのよ？」

テケナーはうんざりだといいたげだ。ジェニファーはこの大きな少女に腕を巻きつけ、破顔した。

三人は転極された反重力シャフトで上昇した。二十メートルほど行ったところで自動照明が点灯したが、すぐに消えた。

司令室の階層に着いた。最初に降りたジェニファーが、そこらじゅうに散らばった物体の残骸につまずいてよろける。テケナーは二種類の武器を発射モードにした。「ロボットと同じで、見たことのない技術だ」残骸を見てテケナーは確信した。「まるでウレブの住みかだな」

テケナーは司令室の前室を照らした。そこはなにもかも荒らされ、破壊されていた。反重力シャフトがちゃんと動いたのが奇蹟のようだ。

司令室につづくハッチは閉じられている。

「ここにはいないわ。もっと下のどこかよ」

スリの推測では女ふたり、男ひとりだ。男の姿がちゃんと見えるのかとテケナーが訊くと、スリはうなずいた。

「どうもハンザ・スポークスマンのポランテ、コルメト、マラニタレスを思い浮かべてしまうな」と、スマイラー、「だが、そんなわけはない。司令室へ行こう。最新の注意をはらってくれよ、ご婦人がた」

「わかったわ」と、スリマヴォが答えた。

テケナーは先頭に立った。ハッチの前でシリンダー形の一物体を踏みつけ、バランスを崩した。もうすこしで床に倒れるところだったが、持ち前の運動神経で踏みとどまる。シリンダーは壁にぶつかって高くはね、スリマヴォめがけて飛んでいった。スリはあいている手で器用に受けとめ、「まだ使えるのか、しまいこんだ。

「どうぞ、テク。あなたのお守りね」と、笑った。

テケナーはその物体を観察し、いって、真顔になった。

「テラ製のホログラム記憶装置だな」と、

なにが入っているのか、あとで見てみよう」

「いい男とか？」スリマヴォは皮肉を飛ばしたあと、突然、真顔になった。「テク、ジェニー、わかったわ。例のハンザ・スポークスマン三人よ。どこか下のデッキにいる。転送機があるところ。そこには四つめのリフレックスも。でも、判然としない。人間じゃないわ！　偽装が完璧ね。いや、やっぱりテラナーかもしれない。わからないわ」

テケナーが司令室へのハッチを突き破った。なかは非常照明が点灯している。円形の空間は、ハルト人数人が衝動洗濯したあとのようだ。もともとの場所に置かれているものはなにひとつない。制御盤もコンソールも停止し、ずたずたになっていた。スクリーンも真っ暗だ。

通信装置は破壊されているし、ツナミ艦の金属製シールドのせいで《ツナミ2》との通常通信はできない。テケナーは自分のアームバンド装置をハイパー通信に切り替え、手短にこれまでの経緯を報告した。

通信は思いがけず中断した。《ツナミ114》が振動し、コンソールに赤いランプがひとつ点灯する。

ロナルド・テケナーはまるで豹のようにすばやく反応し、振り向いて発光シグナルを見ると、即座にその意味を理解した。奇妙な振動も正しく解釈する。

「現在時間に引き返している！」テケナーは叫んだ。「だから通信が中断したんだ。シグナルは、艦の転送機が作動したことをしめしている」

「そのとおりよ」スリも同じ意見だ。「四つのエコーが消えたわ。ハンザ・スポークスマン三人と偽装者が行ってしまった」

「表示や転送機が機能するなら、正常な部分がもっとあるはずよ」と、ジェニファー。

コンソールに駆けよると、壊れたディスプレイのボタンをいくつも押した。

〝目標座標17＝BHD／1295＝KLH〟と、モニターに表示される。

ジェニファーはべつのボタンを押した。

〝宇宙ハンザ基地アケローン〟と、読みとれた。

「転送機はアケローンに調整されている」ジェニファーはテケナーに知らせた。

テケナーはこのあいだにハイパー通信で《ツナミ3》から《ツナミ16》までに連絡していた。《ツナミ114》はとっくに現在時間にもどっていたのだ。そうでなければ、ハンザ・スポークスマン三人と未知の一人物を送りだすことはできない。

「アケローン？」と、テケナーが考えを声に出す。「警告者の海賊放送局か？　ありえない。アケローンは徹底的に捜査したからな」

「警告者はきっとこの未知者に関係してる」スリはなんとか説明しようとした。「かれは……推測だけど、未知のエコーは男よ……《ツナミ114》を乗っとり、そのポジトロニクスからアケローンの名前を知った。かれとハンザ・スポークスマン三人がまっすぐアケローンに転送されたことに、かならずしも論理的な関係性はないわ。異銀河からきた可能性もあるし……」

そこでスリは唐突に言葉を切った。

「ロニー！　ジェニー！　時限爆弾よ！　逃げないと！　感じたの。いまにも……」

「こっちだ！」テケナーが隣室へのハッチを指した。

「そこからだとエアロックには行けないわ」ジェニファー・ティロンも、せっぱつまったスリマヴォの言葉から、どれほどの危険か理解した。

「わかっている。非常用転送機があるのだ。ツナミ艦のことならまかせろ」

テケナーがハッチのどこかをひと蹴りすると、小型転送機があらわれた。入れるのはせいぜいふたりだろう。

「1、応答せよ！」テケナーがアームバンド装置にどなった。

「こちら《ツナミ1》」返事がきた。

「大至急、転送受け入れ座標を1の標準時間に設定しろ！」

「つねに設定状態です。緊急転送可能です」

ロナルド・テケナーは戦闘服のエネルギー・ストックを転送機に供給した。それに片手を使い、もう片方の手で操作盤をたたいて目標座標を入力する。

「からだを縮めろ！」ジェニファーとスリマヴォに叫んだ。

三人は身をよせ合った。スフィンクスは機嫌がよくなり、うれしそうな声でいった。

「テク、やっとくっつけたわね」

転送機が作動。ほぼ同時に、《ツナミ114》が爆発する。間一髪だった。

9

ボネメス・バアルは妹を屋根裏部屋で見つけた。開けた窓の前にしゃがみこみ、不気味な火の玉が行きかう市の中心部のほうをじっと見つめている。

「パス！　ここでなにをしてる？」

パシシアはゆっくり振り向くと、きらきらした目で兄を見返した。心ここにあらずという雰囲気だ。その唇からはひと言も声が漏れでない。

「見ただろう、アルマダの異人たちがなにをしているか」ボネメスは興奮してつづけた。「これは大惨事だ。見ればわかるように、まだ序の口さ。ぼくらもなにかしないと」

「ぼくらって？」

「ぼくらのクラブだよ、パス！」ボネメスはせきたてるようにいった。「新しい真のホログラム技術者ならアルマダに対抗できるかもしれない」

「クラブのことは絶対に口にしちゃだめよ！」

「いまはふたりだけだぜ。知らないふりはしなくていいんだ、パス。ナンバー二十七が集会を招集した。ついさっき呼び出しを受けたんだ。いっしょに行こう！」

「やめておく」パシシアはきっぱりといった。「わたし、外で起こっていることが大惨事だとはぜんぜん思えないから。でも、火の玉がまだ序の口だってことは認めるわ」

ボネメスはパシシアとならんで窓の外を見た。火の玉はもう見えなかった。焼け野原と焦《こ》げた外壁だけが、起こったことを思いださせた。

「攻撃は当面やめたみたいだ」ボネメスは安心した声だった。「ほっとしたよ。対策を練る時間が稼げるからな。ぼくは集会へ行く。いっしょにこないならこないでいいよ。おまえの自由だ」

「なにをするつもり？」

「真実と連帯と超能力ブロックがあれば、サスクルージャー人を追いはらうには充分なはずだ」

「大人はなにかやろうとは考えないのかしら。まだ驚いている最中よね。でも、こんな力の誇示に対しては、クラブだってなにもできやしない。わたしは行かないわ」

「じゃ、好きなようにしろ」ボネメスは腹をたてていた。

「もちろんそうするわ」パシシアはまた窓のほうを向いた。兄は、妹の横でしばらく待った。いっしょに町の上空にあるアルマダ部隊の数えきれない宇宙船を見る。

「あそこ！」妹は外を指さした。

なにもないところから赤い点が燃えだし、宇宙船の下方でほのかに光った。それはどんどん大きくなり、輝くさいころ形や菱形の鎖をつくる。鎖を構成するひとつひとつのパーツは数メートルの大きさで、それらをつなぐ部分も同じように明るく光っていた。その構造物全体が伸びてひとつの輪になり、どんどん大きくなって、ゆっくりと下降していく。

「町が包囲される」ボネメスはうめいた。「これでもクラブにいっしょにきて、サスクルージャー人に対抗するつもりはないのか？」

パシシアは首を振った。

「この光景が異人たちのしわざだって、どうしてわかるの？」

「ほかにだれがいるんだ！」

ボネメスは、これ以上妹を説得できないと悟り、出ていった。

パシシアは窓の桟《さん》に両手を置いてもたれかかり、外を見つづけていた。光る輪の一部はとっくに家々のうしろに消えたが、自分にいちばん近い部分はまだよく観察できる。輪が地面に向かうさい、鎖のパーツとそれをつなぐ部分が融合していき、高さ数メートルの光るベルトが生まれた。

そのベルトは、まるでもとからユトラクをかこんでいた壁のようになった。今回は地面に触れても炎も爆発も起こらない。

この現象が終わると、パシシアは観察をやめて屋根裏部屋を出た。疲れていたのだ。

居間に行くと、そこには気が動転した両親がいた。パシシアはおやすみの挨拶をして自室にもどった。

フォロ・バアルは興奮しながらさらにニュースを追いつづけた。火の玉に襲われた八都市が、赤熱するエネルギー壁にかこまれている。それがどんな意味を持つのか、政治家にもわからない。サスクルージャー人にしろ、べつのアルマダ種族にしろ、こちらが知っているのは宇宙船だけで、声を聞いたこともないのだ。

フォロは赤く燃える壁が崩れたと聞き、深夜近くになってようやくベッドに入った。ボネメスはその時間になってもまだ家にもどっていなかった。

＊

ロナルド・テケナーとジェニファー・ティロンとスリマヴォは、現在時間の《ツナミ2》に帰還した。艦ではハンザ基地アケローンへのコースデータがプログラミングずみだ。

数分後にはアステロイドに到着する。それでもスマイラーは、アケローンと通信しようと試みた。だが、つながらない。

「どうも怪しい」テケナーは腹だたしげだ。「まずこれを解決しなければ。それから、このホログラム記憶装置の中身を見てみよう」

《ツナミ114》でひろった装置をかかげると、技術者を手招きして読みとり機を持ってこさせた。

《ツナミ1》と《ツナミ2》は短いリニア航行を終えてアインシュタイン宇宙にもどった。テケナーはもう一度アケローンとの通信を試みる。こんどはすぐうまくいった。

「すみませんでした」テケナーだとわかると、相手の男は説明をはじめた。「ちょっとした問題があったのです。そちらの呼びかけは聞こえていたのですが、こちらのメイン送信機が壊れてしまって」

「転送機は大丈夫か？」と、テケナーがたずねた。

それは正常だと確認された。数分後、テケナーはジェニファー・ティロンといっしょにアケローンに転送機で向かう。

「ハンク・ロリー、基地主任です」と、男が名乗った。「これはわたしの娘フラウケ。なにが起こったか見ていました。本人に話させるのがいちばんだと思いまして」

「話してくれ！」テケナーは催促した。「急いでいるんだ」

「わたしが技術セクターにいると突然、なんの予告もなく勝手に転送機が作動したんです」若い女テラナーが説明をはじめた。「わたしは用心のためかくれました。この基地が……無関係と証明されたとはいえ……警告者との関連をいわれだして以来、用心深くなっていましたから。転送機からあらわれたのは人間三人と、銀色の亡霊でした」

「亡霊なんてものは存在しないよ、お嬢さん」と、テケナー。

「もちろんです。三人は免職されたハンザ・スポークスマンでした。テラ・インフォで見て顔は知っていましたから。亡霊は……とりあえずそう呼びますが……人間の姿にほんのすこし似ていました。でも、実際に人間だったかどうかはわかりません。銀色で、ところどころ透明でした。変装用のマントのようなものをかぶっていたのか、それともからだになにか塗っていたのか。その輪郭は影のようだったとしか表現できません。四人は狙いすましたように、ここのマルチ送信機の主エネルギー・ケーブルを破壊しました。予備システムも壊したのです。自分たちの目標も、それがどこにあるのかも、よくわかっているようでした。さいわい、わたしには気づきませんでした。わたしは下の格納庫まで四人を追ってからアラームを鳴らしたんですが、あっという間にスペース＝ジェットで逃げていきました」

「どこへ？」

「わかりません」と、ハンク・ロリー。「われわれ、ふだんは探知機を使用しないんです。ここは貨物を積み替える通商基地であって、戦場ではないですからね」

「感謝する。これで用はすんだ」

ふたりは転送機で《ツナミ2》にもどった。スマイラーは通信センターに入り、太陽系にいる全ツナミ艦に接続して艦長たちと話した。任務は明確だ。解任されたハンザ・スポークスマン三名と銀色の影が乗って逃げたスペース＝ジェットを、どこかへ姿をくらます前に早急に見つけること。太陽系にあるハンザ船団の基地にも、逃亡者のシュプールを発見するよう急報した。

「わたしは1および2とともに待機する」と、テケナーは決断した。「四人の手がかりがなにか見つかったら、知らせてくれ。今回は自分で処理したい」

そのあとで、見つけたホログラム記憶装置を読みとらせた。

＊

「愛する故郷惑星のみなさん」サウンドトラックはこの言葉ではじまった。まだ映像は出てこない。つまり、個人的な記録ということ。なので、ロナルド・テケナーはここから重要な情報が得られると期待するのはやめた。

最初に出てきた映像は、まちがいなく《ツナミ114》内部を撮影したものだった。女の声が、艦内生活についてあらゆることを感動的なまでに細かく説明する。とくに注目すべきところはない。

「われわれはまだほかの惑星と接触できていません」しばらくして、声が聞こえた。これらの言葉と冒頭の説明のあいだには、数日のブランクがあるにちがいない。名前や日付は出てこないが。「ミッションが失敗しないよう、心から望んでいます。ホーマー・G・アダムスががっかりするでしょうから。われわれが宇宙ハンザのあらたな市場を開拓しようと航行中であることを、みなさんはご存じでしょう。宇宙ハンザの福祉と繁栄のため、やらなくてはならないのです」

テケナーはこれまでに二度、同じいいまわしを聞いていた。その不思議な一致に気がつく。ホーマーはここである種の教義を説いたようだ。

そのあとは意味のないシーンと説明がつづき、映像が消えて女の声だけになった。興奮したような声だ。

「ほかの宇宙船との接触に成功しました。空虚空間のただなかです。訪問者の派遣団がここにくるとのこと。わたしは下へおりて撮影します」

次につづく映像は一部ひどくぶれて不鮮明だった。この素人レポーターは撮影システムのあつかい方の訓練は受けていないようだ。ツナミ艦の乗員は大混乱のようすで、ときたま脈絡のない言葉が聞こえた。異人たちの出迎え準備をしているらしい。明るい興奮がその場を支配している。

ようやく映像が安定した。

「エアロックのすぐ前にいます」姿の見えないレポーターが解説をつづける。「もうすぐ登場です。とても感じのよさそうな相手みたいです」

《ツナミ114》艦長のジャン・ヴァン・フリートが一瞬、画面にあらわれた。満足げなようすだ。

エアロック・ハッチが開いた。カメラが正確にその場面をとらえる。

あらわれた生物は無害で美しい印象だった。遠くはなれて見るとクラゲを思いださせる。漂っているようすが魅力的だ。あらゆる種類のやさしい色調でさまざまに色を変え、触手に似た肢を軽く振っている。二十名ほどがツナミ艦に入ってきた。

ヴァン・フリートが歓迎の言葉をひと言ふた言述べたが、はっきり理解できない。トランスレーターが用意されたが、異生物たちは丁重に断った。そのなかの一名が、ツナミ艦長のほうにたるんだ肢を伸ばし、完璧なインターコスモで話しだした。

「大変よろこばしいこと。われわれ、感謝している。こちらもあらたな貿易関係におおいに期待したい」

ヴァン・フリート艦長はこのひらひら揺れる派遣団を案内して、見本市会場まで行った。会場には艦の専門家たちが集められている。映像には、例外なく期待にあふれたうれしそうな顔がうつっていた。乗員たちは目的をはたして幸せそうだった。

カラフルなクラゲ状生物たちがテーブルを半円形にかこみ、ヴァン・フリートとその部下たちも席に着いた。

そのなかから、宇宙ハンザの紋章をつけた男が立ちあがった。テケナーは自分の部隊の全員の名前と顔を記憶している。その男がツナミ常勤の乗員でないことをすぐに見抜いた。

「わたしのことはクラルスと呼んでください」と、その男はいった。「わたしには、わが通商組織の名において商談をとりまとめ、契約を締結する資格があります」

クラゲ状生物は同意するように肢を振り動かした。

「新しい友であるみなさんを、なんとお呼びすればいいでしょう？」と、クラルスはつづけた。「どこから、どんな目的でこられたのです？」

水色のクラゲ状生物が一名、前へ進みでた。

「こちらの名前も素性も、あなたがたには関係ない。われわれがほしいものを、あなたがたはあたえることができないのだ。だが、われわれはそちらを利用して、それを手に入れる」

「どういうことでしょう」クラルスは困惑してうまくしゃべれなかった。

「わからなくて当然だ」クラゲ状生物の代表は答えた。まったく突然に、その場の空気が凍りつく。

画面には、神経質そうに痙攣するヴァン・フリート艦長の口もとがうつしだされた。それから叫び声とともに映像が大きくそれ、ふたたびもとの位置にもどる。

クラゲ状生物はようすががらりと変わっていた。ほかのクラゲも偽装を解いている。

金属の輝きを持つ、武器アームを多数そなえたマシンが、テラナーたちに襲いかかった。そのあと、映像は数秒で終わった。ロナルド・テケナーは苦しそうに息をして、記録を最初からもう一度再生した。クラゲが正体をあらわしたところでとめる。

それはまちがいなく特殊ロボットだった。《ツナミ114》でかたづけたものと原理は似ているが、未知の技術による産物だ。撮影時に《ツナミ114》がどこにいたのか、手がかりはない。また、通常なら同行している《ツナミ113》についてもひと言も触れられていなかった。

スマイラーはさらに再生をつづけた。映像が一回転して消え、声と騒音だけになった。映像なしでもなにが起こったのか理解できる。

戦闘の騒音は名状しがたいものだった。叫び声とエネルギー・ビームの音がまじり合っている。一度だけ艦長の声が聞こえた。なにやら〝司令室に立てこもる〟ようなことをわめいていた。

それからほんの一瞬、もう一度だけ映像がうつった。完全にぶれていて、テケナーは読みとり機を何度もとめて静止映像を確認し、ようやく識別できた。

撮影した女が走りながら叫んでいる。もう一度ヴァン・フリート艦長が、テラの戦闘ロボットを多数したがえてあらわれた。だが、つづく銃撃戦でツナミ艦のロボットは次々と倒されていった。

最後の映像には、艦長が司令室に消えていくようすがうつっていた。

「ジャン！」氏名不詳の女レポーターが叫んだ。「わたしも連れていって。やつらに殺されるわ。テラは遠すぎる。ここで死ぬのはいやよ！」

画面が暗くなった。その後、同じトーンの騒音だけがつづく。それが一度、エネルギー銃が作動したらしいはげしい音で中断され、完全な静寂が支配した。

ロナルド・テケナーは最後まで再生したが、もうなにもうつっていなかった。

*

「衝撃的だわ」ジェニファー・ティロンはそういうと、無言で宙をにらむ夫の肩に腕をのせた。「最初のうちはとても美しかった。忘れられないほどに」

「乗員全員が抹殺された」スマイラーはもうほほえむことができない。「なぜ？　どこで？　いつ？　だれが？　そもそも、いまわかっていることは？　皆無だ」

「だれかが《ツナミ114》を太陽系に連れてきたのはたしかよ」ジェニファー・ティロンは断言した。「いま見たことが本当なら、なにか決まった目的があったはず。そのためにあのツナミ艦を使ったのよ。これをアケローンの警告者の恐怖のヴィジョンと関連づけるなら、あらたな疑問が生まれるわね。いったいどういうことなのかしら？」

「そうだな」ロナルド・テケナーは立ちあがった。「この残虐行為の目的はなんだ？　あの殺人マシンはどこにいる？　１１４で出会ったロボットは一体だけだった。しかも映像のロボットとは別物だ」

「なぜかこの殺人部隊は、本来の役者に道を開いただけのように思えるんだけど」ジェニファーは思案顔だ。

「たしかに！」テケナーは考えこみながら、手に持っているホログラム記憶装置の重さをはかるようなしぐさをした。「その役者とは警告者、すなわち銀色の影と同一人物だ。アケローンで、もとハンザ・スポークスマンといっしょにいるところをフラウケ・ロリーに目撃されている。これですくなくとも、警告者は十戒とは無関係ということがはっきりした。銀河系に到着した無限アルマダとも関係ない。それらを自分の目的に利用しただけだ。どんな目的なのかはまったくわからないが、さらに災いを引き起こす前に捕まえなければ。いますぐとりかかろう。ひとついっておくよ、ジェニー。この出来ごとはわたしの胸をひどく締めつけた。かならず解明してみせる。ツナミ艦の乗員全員が抹殺されたんだ！　それぞれがどんな運命をたどったかと思うと、たまらない！」

スリマヴォがテケナーに歩みよった。

「ちょっとあなたの意志に逆らわせて。じつは、スペース＝ジェットについて情報がとどいたの」

「わたしの意志に逆らうとは？」スマイラーは怪訝《けげん》そうな顔だ。

「あと何時間かを切り抜けるため、冷静になってもらおうと思って。よほどショックな出来ごとだったでしょう。でも、警告者を捕まえるには、コンディションもだいじよ」

スリはテケナーの胸に両手を当てる。テケナーはなすがままだった。

「例のアケローンのスペース＝ジェットだけど、火星にある宇宙ハンザの保管庫、イルツに向かっているわ」

「感謝する、スリ」テケナーはおちつきをとりもどした。「こんどはこっちの番だ！スリ、ジェニー、いっしょにきてくれ」

テケナーはデスクをはなれると、艦長のところへ急いだ。

「火星へリニア航行！」型どおりの指示を叫んだ。「イルツ保管庫と通信確立しろ！転送路を構築！　ローダンとハンザ司令部に報告を！　戦闘服をこちらへ！」

10

中間空間から帰還すると、イルッ保管庫との通信が可能になった。ロナルド・テケナーは運がよかった。保安担当職員に直接つながったのだ。かれの名はディジタラーク・ランディ。テケナーが連絡すると、すぐに応答した。

「ここにはそちらの送信機に合わせて調整できる転送機はありません。あるのは二本の固定された転送路だけで、一本はオリンプ、もう一本はルナのスチールヤードと通じています。あなたがたがくるまで、逃亡者を引きとめるよう努力します」

「了解。十分ほどで行く。要員は何名いる?」

「あと二名です。もう行かなければ。スペース＝ジェットが着陸します」

「気をつけろよ!」テケナーは警告した。

《ツナミ2》はそのあいだも全速力で火星に向かっていた。テケナーは戦闘ロボット十体を用意し、任務について情報をあたえた。ジェニファー・ティロンとスリマヴォは当然のようにテケナーについていく。さらに人員を増やすことはしなかった。

ジェニファーはイルツ保管庫について調べた。それは広大な地下設備で、さまざまな貨物が保管されている。通常ここで働く人員は三名か四名で、ほかの仕事は作業ロボットがになっていた。

艦載ポジトロニクスはテケナーたちが情報を得られるように、保管庫の映像を用意した。データはすべてロボットにも伝送される。

ようやくツナミ艦が地上にある唯一の建物、イルツ保管庫に到着すると、着陸脚が地面に触れるより早く、三名は飛びだした。ロボットたちもただちに出発。テケナー、ジェニファー、スリマヴォは背嚢《はいのう》の飛翔装置で出口に向かった。すこしわきのほうに、スペース＝ジェットが乗り捨てられている。

一体のロボットに誘導され、最高速度で地下をめざした。

いくつかの通廊や反重力シャフトを急いで通り抜けると、巨大なホールに出た。そこに転送機二基も置かれている。

まるまったからだが三つ、床に転がっていた。テケナーはそれが保管庫の要員三人であることをすぐに見抜いた。麻痺しているだけだが、なにか聞きだすのはとうぶん無理そうだ。

「もうここにはいないわ」スリが断言して、作動準備ができた転送機を指さした。

「かれらの手当てをしてやれ」テケナーはそういうと、転送機に急いだ。表示を見ると、左のは通商惑星オリンプに、右はルナにプログラミングされている。スマイラーは直前のデータを読みとった。三人がオリンプへ、ひとりがルナへ向かっている。それがどういう意味なのか、想像がついた。

「ジェニー、スリ、きみらはここにのこれ。麻痺した三人を世話して、ツナミ艦に状況を知らせてくれ。わたしはロボットを連れてひとりで月へ行く」

ふたりが承知しないことは顔に書かれていたが、いまの状況を考えると妥当だろう。

「オリンプにもすぐに知らせておいてくれ」テケナーは転送の準備をしながらたのんだ。

「もとハンザ・スポークスマン三人を探しだして、これ以上ばかげたことをさせないようにと」

転送機のプラットフォームは充分なひろさがあり、戦闘ロボットをすべて一度に運ぶことができた。テケナーは鋼製の機械を調整し、ふたりに軽く手を振ってから、ボタンを押して移動を開始した。

＊

「くると思っていたよ！」

銀色の影は数メートルもはなれていないところに立っていた。ロナルド・テケナーは二度見なおしてようやく、この風変わりな偽装の奥に人間がかくれていることを確信した。その声は合成されてひずんでいたが、聞きおぼえがある気がした。

「あきらめろ！　そちらはひとり。こちらには十体の戦闘ロボットがある」

まぼろしのような人影が笑った。

「きみは友だ、ロナルド・テケナー。友に危害はくわえない。降参して白状するよ。だが、きみのロボットを目撃者として使うことはできないぞ」

「防御バリア展開！」スマイラーが叫んだ。

だが、それと同時にエネルギー・フィールドがテケナーをとりかこむ。

「きみのためだ、友よ」銀色の人影がそういった。

突然、かくれていた開口部からビームが噴きだす。ビームはロボットの防御バリアをやすやすと突破し、またたく間に残骸の山を築きあげた。テケナーはエネルギー・フィールドに文字どおり締めつけられて、ほとんど身動きできない。自分の戦闘部隊が倒されるのをなすすべもなく見つめた。ここスチールヤードでも使えるネーサンの秘密兵器が、すべてをやってのけたのだ。

半透明の人影がテケナーに近づいてくる。その手ぶりひとつで、テケナーはふたたび自由になった。

「これでいい」ひずみのない、ふつうの声。この瞬間、テケナーには相手の正体がわかった。

ホーマー・ガーシュイン・アダムス！

半ミュータントにして、宇宙ハンザの財務の天才！　ペリー・ローダンの旧友！　テラ旧暦の二十世紀初頭に生まれた細胞活性装置保持者。

「ホーマー？」テケナーはうかがうようにいった。

「そうだ、わたしだ」偽装マスクが消え、背中の曲がった小男の真の顔があらわれた。

「なぜです、ホーマー？」スマイラーはうめいた。「わからない。あなたが警告者？」

「そうだ。きみに秘密を打ち明ける時がきたと思う。どうかおちついて聞いてくれ」

「好奇心ならだれにも負けません。つづけてください！」

「こちらへ！」

アダムスは転送機ホールをあとにして、隣室に入った。ボトルが一本、グラスがふたつ置かれているテーブルの前にすわり、琥珀《こはく》色の液体をグラスに注《つ》ぐと、一杯どうだというようにスマイラーのほうを見た。

「いえ、けっこうです！」不信感が言葉のはしばしからにじみでる。

「白状しよう」と、アダムス。「このかくれんぼゲームいっさいを演出したのはわたしだ。種々の理由から、警告者もわたしが演じた。人々を奮い立たせるためというだけではない。ある出来ごとから人々の目をそらす必要があったのだ。最後にはそれが非常に重大な意味を持つようになる。きみは知っているだろう、わたしにとってなにが重要か。

宇宙ハンザだ。もっと正確には宇宙ハンザの福祉と繁栄、その経済的発展だ。それについては、たとえハンザ・スポークスマンのきみであっても、おそらくほとんど理解できまい。われわれが必要なのは、まったく新しい市場なのだ」

「その任務のために、当時あなたは二十隻のツナミ艦をまかされた」テケナーはアダムスの言葉をさえぎった。「それはいまどこにいるのです?」

「まだ任務中だ」アダムスは待てというように手で合図した。「善行には時間がかかる」

「やめてください、友よ!」テケナーはこぶしでテーブルをたたいた。「114が小惑星帯にかくされていたことは知っていますね。あなたが警告者なら、ハンザ・スポークスマン三人といっしょにツナミ艦にいたはず。あなたたちの跡を追いかけ、ここまできたんだ。いくつかつじつまが合わない」

「つじつまはすべて合っているよ、テク」半ミュータントはスマイラーをなだめるようにいった。「だが、その言葉に説得力はない。《ツナミ114》が事故にあったことは認めよう。予定より早く帰還したので、わが目的に利用したのだ。これ以上の混乱を招かないために。艦のココを使ってアケローンの番組をしあげた」

「充分すぎる混乱を招いたじゃありませんか」テケナーは憤懣《ふんまん》やるかたない。「114号の乗員はどこにいるんです?」

「気の毒に、みんな亡くなった。だが、それはわたしの行動とは無関係だ。ネーサンに訊いてみるといい。ネーサンはおおよその関連性を知っているし、許容してくれた。それが……」

「わかっています」テケナーは不機嫌にさえぎった。「宇宙ハンザの福祉と繁栄のためだというんでしょう。なにに対してもあなたの答えはひとつだ。だが、わたしはまったく気にいらない。どうも怪しい。なにかがおかしい。ツナミ艦にいたロボットはなんなんです？　われわれを攻撃してきたんですよ！」

「ネーサンが特別につくった。きみたちを追いはらおうとしたたけだ。殺すつもりなどない」

「あなたがそういっているだけでしょう！」

「いや、事実そうなのだ」

「全乗員が殺されてしまったのに、114はどうやって太陽系にもどってこられたんですか？」テケナーは食いさがった。

「非常プログラミングを使った。わたしが派遣したツナミ艦には全艦にそなえさせておいたのだ。連結ポジトロニクスが単独でプログラミングを実行した。とりきめどおり114はわたしに帰還を報告し、わたしは艦をアステロイドの未来時間にかくした。乗員の死は気の毒に思う。だが、それはまたべつの話で、わたしが114を自分の計画に組みこんだのは、艦がもどってきてからだ。これがすべてだ」

「はっきりしないのは、あなたの動機です。ペリー・ローダンの旧友ともあろう人が、こんな恥知らずな行為をやらせたうえに、卑劣な言い逃れをするとは。どういうつもりなんです、ホーマー」

「新しい市場だ。従来のものをすべて上まわるようなコンタクトがハンザには必要なのだ。そういうことだよ、テク。わたしは人より先を考えている。どうか信じてくれ。わたしには具体的な目標があるのだ。あらゆる手段を使ってそれを追求する。われわれが十戒に手こずり、無限アルマダによる混乱の対応に手をとられていたあいだに、多くの権力が連合し、従来のような方法は機能しなくなっている。ああするしかなかったのだ」

「まったく納得できない。どうしてロボットを破壊したんです？　わたしがプログラミングを変えればすむことだったのでは？」

「リスクが高すぎる、友よ。ほかの者に打ち明けるのは時期尚早《しょうそう》だ。だが、時がきたら、ハンザ・スポークスマン全員になにが起こったのかすべて説明する。ネーサンはどっちにしろわたしの背面援護だ」

「あなたとネーサンが共謀していたとは！」ロナルド・テケナーは首を振った。「もどってから、どう説明すればいいんだろう……」

「かんたんさ」アダムスはグラスの中身を飲み干し、テケナーのグラスにも注いだ。「もう警告者も恐怖のヴィジョンも存在しない。わたしが保証する。遅かれ早かれ、そのうちみんな忘れるだろう。きみもいっていたな、警告者の件はまったく無害なものに思えると。だから、嘘をつく必要はない。これはネーサンが目的もなくはじめた試みで、途中でやめてしまった……そういえばいい。これもまた事実だ」

「聞いたかぎりでは筋が通っていますが、ホーマー」ロナルド・テケナーは満たされたグラスをわきへどけた。「あなたの動機と目的を教えていただきたい」

「くわしいことは知らないほうが、おたがいにとっていい。知っても重荷になるだけだ。一カ月、いや二カ月待ってくれ。そうすればわかってもらえると思う」

スマイラーは無言だった。アダムスの言葉はだいたいつじつまが合っているように聞こえるが、心のなかでは納得できない。しかし、懸念は胸にしまっておいた。

「で、どうします？」と、テケナー。

「もう行っていい。名誉にかけて黙っていると約束してくれ。最後にわたしがいった、ネーサンの失敗した試みだという話をつねに忘れるな。警告者に関することはすべて罪のないものだ。わたしを信じてくれ！　たのむ！」

「わかりました！」テケナーは立ちあがり、アダムスに握手をもとめた。「あなたは数すくない信頼のおける人です、ホーマー。完全に信じているわけではないが、疑う理由もない。黙っていることにしましょう。誓いますよ！」

見た目が両極端の男同士は握手をかわした。

アダムスは自分のグラスに酒をつぎたし、テケナーも手を伸ばした。

「シングルモルトのスコッチウイスキーだ」と、アダムス。

スマイラーはいっきに飲み干すと、納得したようにうなずいた。

「もう行きます、ホーマー。火星へ帰るのに転送機を使ってもいいですかな？」

「もちろんだ」

ロナルド・テケナーは転送機室のドアに向かったが、驚いて棒立ちになった。戸口に、銀色に輝く人影が立っている。まるで絵画のように、数分前のアダムスの姿で。

「こんなことをする必要があるのか？」半ミュータントが不満そうにたずねる。

「あるとも」銀色の影の声はひずんでいた。これはまさしく警告者の声だ！「誓いの言葉ではたりない。この件は危険をはらんでいるので」

「あなたとこの地球外生物は共謀しているのですか？」スマイラーはぎょっとしてホーマー・G・アダムスを見つめた。

「地球外生物だとだれがいった？」背中の曲がった半ミュータントは首を振った。

テケナーはケースから武器をとりだそうとしたが、突然、身動きできなくなった。原因がなにかもわからない。

「誓いの言葉を信用するわけにはいかない、ロナルド・テケナー」まぼろしのような人影がいった。「完全に忘れるのだ！　それだけで、すべてうまくいく。きみがわたしの計画をほんのすこし妨害したからといって、死なせるわけにはいかないからな」

ホーマー・G・アダムスは無言だ。テケナーはこの小男になにが起こっているのか表情から読みとろうとしたが、その顔は石でできたマスクのようだった。

「宇宙ハンザの福祉と繁栄のために」アダムスの唇がぼそぼそとつぶやいた。「多少の犠牲は必要だ」

目に見えないなにかが、銀色の影からテケナーの脳に伸びてきた。テケナーはあっけにとられながらも、それが自分の思考のエコーであることに気がついた。ほんのすこし修正されている。それがもとの思考と急激にまじり合い、新しい未知の思考パターンが生じる。このあらたな思考パターンがテケナーを完全にとらえた。

それから、かれは前後不覚になった。強く訴えるような声だけが頭のなかでささやきかけ、消しがたいなにかをその思考に焼きつけた。空っぽになったところにあらたな知識が満たされ、最後は満足感が充填された。

白日夢からどうやって現実にもどったのか、テケナーが感じることはなかった。アダムスは満たしたグラスをさしだした。

「わかったかな、テク？」

「もちろんです」テケナーはそういってグラスを持ちあげた。「機会があったらネーサンに、もう二度とこんないたずらをしないようにいってください。そうしないと、ネーサンのハイパートイクト伝導からポジトロンをぜんぶ抜きとってやる、と」

「そういおう、若いの」

ホーマー・G・アダムスは、転送機までロナルド・テケナーにつきそった。

銀色の影のシュプールはまったく見えない。

《ツナミ2》の戦闘ロボットが十体、すでに待機していた。テケナーはどこからこのロボットがきたのかとは考えなかった。いちばん新しい記憶では、最初からロボットは破壊されていないから。

「これでやっと、警告者のばか騒ぎにけりがつく」そう満足げにいうと、転送機を作動した。

＊

ジェニファーとスリマヴォは根掘り葉掘り問いただした。ふたりの顔に猜疑《さいぎ》心が浮かびあがるが、テケナーはなんの問題もなかったと確言する。ツナミ艦に到着するまでのあいだ、好奇心に満ちた女ふたりを前に、テケナーはくつろいだ表情だった。

戦闘服の通信機がけたたましく鳴った。

「また、なにごとかしら？」ジェニファーは不満げだ。「ただちに艦へおもどりください」

テケナーはツナミ艦と通信をつないだ。

「太陽系に大警報です」通信士は興奮していた。

「太陽系に大警報？」テケナーは信じられないという声で訊き返した。

だが返答はもうなく、きしむような音が響くだけだった。それがかえって、本当に大事件が起こったことをしめしていた。

三人は飛翔装置のエンジンをオンにし、ただちに乗艦した。ロナルド・テケナーは司令室に急行した。スクリーンには太陽系が図式化されて表示されている。それを、直径五十光時のヴィールス・インペリウムの輪がかこんでいた。

その輪の外で、十二個の真っ赤な光点が明滅している。

「いったいどうなっているんだ？」テケナーが訊いた。

「十戒が太陽系を攻撃しました」艦載ポジトロニクスが答えた。「無限アルマダが最終的に到着する前に、攻めてきたのです。アニン・アンの巨大《マシン》船が十二隻。疑いの余地はありません。かれらの目標は太陽系です」

ロナルド・テケナーは、人類にとってただならぬ時代がやってきたのだと悟った。ネーサンの警告者放送のいうとおりかもしれない。

だが、その問題はもう解決ずみだった。

あとがきにかえて

井口富美子

前回わたしが担当した巻が出たのが本年一月。この六か月間で世界は大きく変貌した。本巻の最後に「ロナルド・テケナーは、人類にとってただならぬ時代がやってきたのだと悟った」とあるが、くしくもそれが現実となってしまった。

わたしはもともと自宅にこもって翻訳しているため、緊急事態宣言発令中もいつもとさほど変わらない生活を送れる気でいた。だが好きで家にこもっているのと、なるべく外出しないで家におれと要請されるのとでは、精神的な負担に大きな差があった。不安をまぎらわすため毎日ひたすら仕事と家事をこなした。普段は手抜きの掃除もていねいになり、不用品を少しずつ片付けた結果部屋が広くなった。料理も、買い物に行かなくて済むよう冷蔵庫にあるもので三食の献立を考えた。ベランダから空を眺めて会えない友人や遠方の親族を思いつつ、家族が平日も在宅するストレスはなかなかどうしてつらかった。本巻に出てくるバアル一家ではないが、子供がある程度の年齢に達するまで、親子が理解し合うのは容易じゃない。そこを食べ物で釣ったというか、なんとかしのいで日が過ぎていった。

そんな中、心の支えとなったのは音楽だ。ジャズピアニストの小曽根真さんが「Welcome to Our Living Room」というタイトルで毎晩自宅からライブ配信されていたのを、連日聴かせていただいた。このコンサートには医療従事者をはじめとするエッセンシャル・ワーカーへの感謝の気持ちが込められていた。さまざまなリクエストに応えながら繰り出されるジャズアレンジの即興音楽はまさに神業。国内はもとより世界中で多くの方が演奏を楽しみ、二千人に満たなかった聴衆は最終日には八千人を超え、リアルタイムで音楽を共有する仲間意識も心地よかった。

次に没頭したのは文学。パオロ・ジョルダーノの『コロナの時代の僕ら』（早川書房）を夢中で読んだ。感染拡大で先を行くイタリアでこのエッセイ集を書いたのは、素粒子物理学の博士号を持つイタリアの若手作家。読み進めるほどに、自分の経験や不安を後追いするような、不思議な安心感を与えてくれた。

さらに、作家の多和田葉子さんや生物学者の福岡伸一さん、農業史研究者の藤原辰史さんの新聞寄稿も、現在の状況を落ち着いて考察するためのヒントとなった。またNHKのコロナ特集で、一般人にわかるよう専門家からうまく説明を引き出すSF作家、瀬名秀明さんが見せた冷静沈着な話術もすばらしかった。人間にとって人文知がいかに大切か、心の深いところで実感した気がする。

身近なところでは、読書を楽しもうという趣旨で「ブックカバーチャレンジ」というリレーがSNSで行われた。これはバトンを受けた人が七日間毎日蔵書の書影を投稿するという遊びで、さまざまな職業や年齢の老若男女が自分の好きな本を自由に紹介していた。どういう経緯でどなたがはじめられたのかはわからないが、図書館や書店が閉じている最中、普段は目にしない分野の本を知る貴重な機会であると同時に、自分がどんな本を読んできたのかを見直すよいきっかけにもなった。わたしは忘れていた本をたくさん思い出し、その中からどれを紹介しようと選ぶ作業がとても楽しく、充実した時間が過ごせた。

SNSにはお菓子や料理の写真もよく投稿した。ドイツの新聞や雑誌などで仕入れたコロナ情報も随時投稿したが、友人たちは食べ物の写真をことのほか喜んでくれた。暗いニュースがあふれる中、他愛ない写真にみんなほっとできたのだろう。ぬか床の写真さえありがたがられ、漬け方の質問がきたりした。人の役に立っている、という感触がうれしくて、見栄えがして簡単なお菓子をいろいろ作っては載せた。パンを焼いている仲間も多かった。ここ数年流行している重い鋳物鍋や土鍋を使って鍋ごとオーブンで焼く人もいれば、イーストが品切れということで酵母種をおこしてドイツ風のパンを焼く人もいた。つい二か月ほど前の、仕事に追われていた日々には考えられない贅沢な時間。人間はどんなことにも楽しみを見いだせるものだ。

ビデオ通話や会議ツールを使って友人や遠方の家族とつながれるのももちろんありがたいし、それこそが技術の進歩の恩恵だろう。だが日々の生活を見直し、自分を見つめて静かに暮らした日々は、パンデミックのおかげともいえる。苦手だった掃除も苦にならなくなり、宣言が解除された今も毎日すがすがしい朝を迎えている。次回担当巻が刊行されるときも、この穏やかな日々が続いているよう祈るばかりだ。

女王陛下の航宙艦

ARK ROYAL

クリストファー・ナトール

月岡小穂訳

今ではほぼ現役を退いて、問題を起こした士官の配属先になっていたイギリス航宙軍初の戦闘航宙母艦〈アーク・ロイヤル〉に出撃命令が下った。辺境星域の植民惑星が突如謎の戦闘艦に攻撃を受けたというのだ。「サー」の称号を持つ七十歳の老艦長が、建造後七十年の老朽艦とともに強大な異星人艦隊に立ち向かう！

アルテミス（上・下）

ARTEMIS

アンディ・ウィアー
小野田和子訳

月に建設された人類初のドーム都市アルテミスでは、六分の一の重力下で人口二千人の人々が生活していた。運び屋として暮らす女性ジャズは、ある日、都市有数の実力者トロンドから謎の仕事のオファーを受ける。それは月の運命を左右する巨大な陰謀に繋がっていた……。『火星の人』に続く第二長篇。解説／大森望

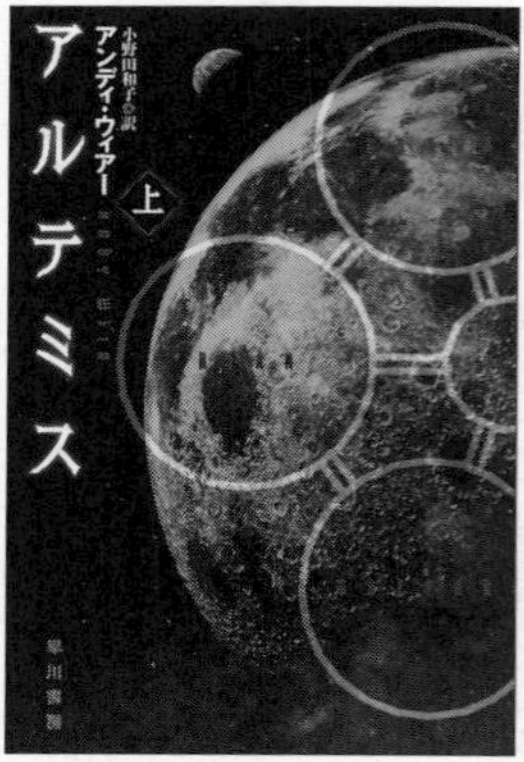

泰平ヨンの未来学会議〔改訳版〕

Kongres futurologiczny

スタニスワフ・レム

深見 弾・大野典宏訳

人口問題解決のため開催される世界未来学会議に出席せんと、コスタリカを訪れた泰平ヨン。ところが、会議の最中にテロ事件が勃発。ヨンたちは、鎮圧のために軍が投下した爆弾の幻覚薬物を吸ってしまう。かくしてヨンは奇妙な未来世界へと紛れ込む……。ドラッグに満ちた世界を描きだす、異色のユートピアＳＦ！

ゼンデギ

Zendegi

グレッグ・イーガン
山岸　真訳

脳マッピング研究を応用したヴァーチャルリアリティ・システム〈ゼンデギ〉。だが、そのシステム内エキストラたちは、あまりにも人間らしかった。余命を宣告されたマーティンは、幼い息子の成長を見守るため〈ゼンデギ〉内に〈ヴァーチャル・マーティン〉を作りあげるが……。現代ＳＦ界を代表する作家の意欲作

ハヤカワ文庫

訳者略歴　立教大学文学部日本文学科卒，翻訳家　訳書『深淵の騎士たち』ヴルチェク，『中央プラズマあやうし』ヴィンター＆ヴルチェク（共訳，以上早川書房刊）他多数

HM=Hayakawa Mystery
SF=Science Fiction
JA=Japanese Author
NV=Novel
NF=Nonfiction
FT=Fantasy

宇宙英雄ローダン・シリーズ〈621〉

スマイラーとスフィンクス

〈SF2288〉

二〇二〇年七月　二十　日　印刷
二〇二〇年七月二十五日　発行
（定価はカバーに表示してあります）

著者　エルンスト・ヴルチェク　ペーター・グリーゼ
訳者　井《い》口《ぐち》富《ふ》美《み》子《こ》
発行者　早川　浩
発行所　株式会社　早川書房
郵便番号　一〇一 - 〇〇四六
東京都千代田区神田多町二ノ二
電話　〇三 - 三二五二 - 三一一一
振替　〇〇一六〇 - 三 - 四七七九九
https://www.hayakawa-online.co.jp

乱丁・落丁本は小社制作部宛お送り下さい。
送料小社負担にてお取りかえいたします。

印刷・信毎書籍印刷株式会社　製本・株式会社川島製本所
Printed and bound in Japan
ISBN978-4-15-012288-1 C0197